黎戈

心的事情

黎戈 著

江苏凤凰文艺出版社
JIANGSU PHOENIX LITERATURE AND
ART PUBLISHING

图书在版编目（CIP）数据

心的事情 / 黎戈著. -- 南京：江苏凤凰文艺出版
社，2022.7
ISBN 978-7-5594-6679-2

Ⅰ.①心… Ⅱ.①黎… Ⅲ.①随笔 – 作品集 – 中国 –
当代 Ⅳ.①I267.1

中国版本图书馆CIP数据核字(2022)第043836号

心的事情

黎　戈　著

责任编辑	周颖若
策划编辑	刘　平　栾　喜
装帧设计	所以设计馆
出版发行	江苏凤凰文艺出版社
	南京市中央路 165 号，邮编：210009
网　　址	http://www.jswenyi.com
印　　刷	北京中科印刷有限公司
开　　本	880 毫米 × 1230 毫米　1/32
印　　张	8.5
字　　数	150 千字
版　　次	2022 年 7 月第 1 版
印　　次	2022 年 7 月第 1 次印刷
书　　号	ISBN 978-7-5594-6679-2
定　　价	68.00 元

江苏凤凰文艺版图书凡印刷、装订错误，可向出版社调换，联系电话025-83280257

在松弛中打开自己，内心阔朗透气，

对外界保持开放度，客气不争，但静守原则，

慢慢让自己堆积成形、自性光明。

黎戈

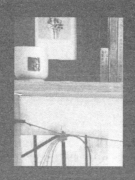

目 录

心 的 事 情

目　录

心　之　眼

心 的 住 处

心的事情

一个人，
关起门来，
心，
常常就来敲门了。

爱是一生成熟的果实

*

幸福不外乎来源于两点：

自我实现和与他人建立温暖的连接。

周末的白天，我们一起看书，或是她温习功课，我备稿或练字。日渐西斜，太阳不那么晒的时候，我们去公园看刚开的白绣球花，辨识它们的名字，"泉鸟"绣球原来像琼花；紫玉簪也迎风含苞，长身玉立的花蕾娉娉婷婷，花微开，总是有一种初沐朝阳的少女感的美，又比如"芙蓉初发"。下午浇过水的泥地，散发荫凉之气。我们吃着草莓甜筒回家，发现我们都喜欢的那只三花猫正蹲在树上，和它聊几句……这是还没有过去就开始舍不得的幸福时光。

有时，我们一起看电影，通常是儿童口味的片子。这些年，看了多少动画片？不记得了。如果不是陪伴一个幼儿成长，我可能不会发现一个童心焕发的异次元世界。周末或寒暑假，端着刚从肯德基或CoCo都可买来的奶茶、椰椰乳、蓝莓圣代，我们急急小跑到电梯边。啊，已经迟到了，快点，灯光已然熄灭，只剩下脚边的引路脚灯。今天是看《彼得兔》，一只挤眼睛的兔子正在屏幕上跳着脚，突来一声震天吼，把我们吓得几乎泼出奶茶。在影影绰绰的剧情光影中，我们找到座位，把爆米花插在椅座的孔洞里，努力衔接上情节。皮皮轻声说："电影里的画很生动。"我说："波特小姐日常也很注意细节观察和速写的画材积累，手上也有功夫。"我心想，回家以后，一定要记得把那本《彼得兔的诞生》找给她看，里面有波特小姐自小在农场的写生，彼得兔的源头就在那里。

动画片的观影场地，总是充满了世俗的吵闹：旁边的一个爸爸，被稚气十足的剧情催眠了，又被轰然一声的特技音效给惊醒了，一脸无奈；后面的小朋友，咯咯咯笑个不停，妈妈努力想把乱窜的小朋友抓回座位。我不坐班，常在工作日看电影，有时，整个小影厅只我孑然一人。单人电影厅的静谧沉溺和动画片小厅的兵荒马乱，这两个维度，都是我生命中不可或缺的幸福质素。这简直是个隐喻。说到底，幸福不外乎来源于两点：自我实现和与他人建立温暖的连接。

做母亲，也许是我生命的一个功课。之前读艾里希·弗洛姆的《爱的艺术》，对里面的一些话，我止于文字层面上的理解，一直到亲身做母亲之后，才真正地转为生动的体验："人格的发展，会经历获取性、剥夺性、储藏性的阶段，最后，人格的发展会升华为生产性。生产性的人格，意味着成熟的爱的能力。"

原来，爱是一生成熟的果实。

我想，这是一个多途径的体验，肯定有一些人是在其他路径上获取了这个体验，但我是在做母亲这件事上才明白的：爱人是一件比爱己更幸福的事，而且无须回报。养儿无关防老（非交换）、不须独占（非剥夺性），你对对方尽心付出，只是为了让她羽翼丰满，最后有能力离开自己，飞得越远越好（非储藏性）。

我感激她赐予我的"此刻"感。我开始慢慢能摸到时间真实的颗粒，我已经不想再回顾或寄望什么，此刻，就在此刻，置身于幸福之中，就可以了。

幸福并非一味的甜。话说幸福和痛苦，其实是一枚硬币的两面，就像鸟与它翅膀下的风，没有经历过苦难，很难识得淡味之中的喜乐——类似于食谱中的糖盐常常并用，其实是以一味为重点，另一味做反衬和点睛之用。最近在读伊琳娜的回忆录，她妈妈是帕斯捷尔纳克的女友。她写到，灾难的年代过去之后，帕斯捷尔纳克又有了生活单纯充实、度日有序之感，"我对自己的生活感到满意"，他觉得每一分钟都十分宝贵、极其重要——"单纯充实，度日有序"，已经是饱经磨折、被白白耗掉壮年和创作精力的人最高的幸福。多么简单又珍贵的八个字。

看书时看到一段："……过去求新求异，以为新意在日常之外，后来慢慢体悟，所谓新是藏在日常之中的，不变中的变才是新新不已的所在。我记着平实的、有趣的和来神的日常，从中培养自己的眼光。瓜棚豆架，草木虫鱼，锅盘碗盏……阳光从那些地方照过来，爬上我的案头，斑斑点点，充满喜感。"

夏日的早凉中，隔夜沉积的栀子花香里，我静静地坐着，沉浸在眼前的书页之中，再无那些芜杂的纠扰和龃龉的磨蚀。我的心，能切身感受到这些话的沁凉抚触，我的心潮微微起伏，与之回应着。

给皮皮买了蔡皋画的《桃花源的故事》，我自己在看贝聿铭作品集，我说："你知道学习最迷人的一点是什么？就是万宗同源。比如你手上的书和我看的，看似毫不相干，其实有隐秘的联系。"我把美秀美术馆那页指给她看，说道："贝聿铭这个建筑的灵感，就来源于你手上那本桃花源——'林尽水源，便得一山，山有小口，仿佛若有光'。"皮皮盯着那个隐约透光的长隧道看了一会儿，把《桃花源记》那段重新回味了一遍，笑说有趣。我又问："桃花源是哪里发生的故事？你仔细看绘本，武陵人盛情招待渔夫，给他上了满满一桌菜，有一盘是湖南腊肉诶。"我们一起哈哈大笑起来。

我又对她说了一个故事："曾经有一个建筑师，造了一个小庙，所有人看到的，都是一个体式优美的建筑，其实这建筑里隐着一段日子的回忆。建筑师爱上了一个少女，他把她妙不可言的身体比例糅在这个建筑里。建筑不仅是精确计算建造出的实物，也是世界观和情感以及美学修养的体现。所以，你要好好学习古诗词，这是学校教学中最有价值的东西之一。总有一天，你走过的路、看过的书、爱过的人，都会化为你的精神血肉，美在你的体内流通增值，最后满溢而出。"

她和我聊起刚刚考完的音乐期末考试，说有道题是问古琴是啥做的。小朋友说有人选了青铜，我说应该是桐木啊。所以，常有听音乐的小亭子或楼台都叫桐音馆什么，有首诗是："江上调玉琴，一弦清一心。泠泠七弦遍，万木澄幽阴。能使江月白，又令江水深。始知梧桐枝，可以徽黄金。"这就是形容桐琴音色之美。我心想这首诗简直是玉质天成，每个字都那么玲珑剔透又毫无雕琢感，中国文字是多么美啊！

　　正在写稿，大脑突然空白，我问她："有个词，是说什么动物在奔跑，形容乱跑乱窜，是什么来着？"她想了下，说："狼奔豕突？"我说对对，小朋友不屑地说这个都不知道，我说妈妈确实印象模糊了，不知为不知，你给妈妈好好解释一下呗。

　　我想让她明白的是，学校的学习，只是一个开始，学习是终身的事情，要去享受它。因为学习是世界上最幸福的事，只要你在学习，每天都在刷新自己和眼前的世界，未来会变得开阔可期。知识是平等的，没有谁站在高处。学历、名利、社会地位会给人虚荣心的满足，但不会给你内心的幸福感，只有真正自主性的学习才可以。

　　我读了一段我喜欢的萨克斯医生的故事给她听。萨克斯医生是一个所谓的"好奇心患者"，他对具体人事有极大兴趣。他本来是个化学爱好者，之所以改学医科，就是因为现代化学越来越抽象。他记录了很多异于常人的神经症患者的病例故事，他觉得他们是拥有丰富内心世界的人。萨克斯从小就热爱独立思考，他尤为强调学习的自主性："我不喜欢上学，不喜欢坐在教室里受教育，老师讲课我总是左耳进右耳出。我不能被动学习，我必须主动学习，为我自己学习，以自己的方式去学习想学的知识。我不是个好学生，但我是个好的学习者，在图书馆里，在书堆里漫游，自由选择想看的书，沿着那些让我着迷的小道，成为我自己。"

聊赠一枝春

*

草坪上满是南风，气味互相纠缠。

今天是我第一次听见树中的溪水声。

有次在网上看到一段话，大意是说古人因行动力受限，出行不便，眼界闭塞，所以只能观察眼前景色，才热衷于草木描绘和吟哦。我当时心里"啊？"了一下，这种认知的隔阂，固然有性格的因素，有人较为外向，喜欢新鲜的涉猎和经验，但更多应该是源于现代人生活节奏快，内心焦灼，已经不懂得怎样与植物相处了吧？

中国自古就是农业大国，循农时而播种，依天时来收割，靠植物获取节序感。"小满""谷雨""小雪"，一个个节气，初衷是指导耕收的，它们是无波日常突起的鼓点，击打出日子的节奏。至于常日里簪花于鬓角、插花于床边案头、拿花浸酒、熬粥、窨茶、蜜渍做零食、餐花饮蕊，更是手边眼前再随意不过的事。对诗人、画家来说，植物也是寓兴抒情的意象源泉，花鸟画一直是中国画的支柱之一。植物与生活密切相关，血脉相连——我们生来与天地草木亲。

读东坡尺牍，最爱的，就是他拉呱家常的那些。有封信，是关于种树，信中写道："白鹤峰新居成，当从天侔（人名）求数色果木，太大则难活，太小则老人不能待，当酌中者。又须土砧稍大，不伤根者为佳……"我的新房已经建成，想向你讨几棵树来种，大的树怕难养活，小的树，我一个老人也难以等待它长大，就大小适中的吧。根上土坨大点，别伤了根。人生如寄，风波不止，贬谪无奈，空谈抱怨，徒增伤感，还好有植物可以相亲相慰，当作友人传输关怀的载体，拉起一张日常生活的网，打捞被虚无感笼罩的失根之人。

细想起来，热爱园艺的作家相当之多。说到底，写字也是"笔耕"，和种植有异曲同工之妙：长时间的资料准备，类似于好的农夫会用大量的时间备好营养土，土层丰厚，灵感的幼苗才能长得好，加之日夜不辍、辛勤的耕耘，尊重植物生长的节奏——作家也得低头倾听内心的波涛，待它起时才能落笔，而一篇满意的成稿带来的满足感，正像看到一棵亲手植下的花开放。

　　这类作家，我随手写几个吧。哈耶克和丘彦明都曾经专门记录园丁生活，我且不赘述。我暂且说几个没有直接写园艺笔记，却在作品中隐隐透出耕种身影的。

　　比如奥斯汀，她一向是自己动手酿蜂蜜酒，饲养火鸡，种植豌豆、土豆、葡萄、草莓、美洲石竹和蓝色耧斗菜。我曾经看过一本研究奥斯汀食谱的书，是通过研究她小说中的菜单，解读彼时的风俗人情（有很多文学研究资料都是专研作家食谱的，其中一些关注点不在菜式，而在饭局，以此为据，揣测作家的人际关系网，还有一些是研究食材食道，还原作家所处年代的风俗民情，帮助落实情节，还有一些其实是依附于名人的厨艺笔记，可以直接拿来做烹饪课教材）。话说奥斯汀，我想她笔下的很多调味品和蔬菜应该是她自己栽种的。那个时代很流行"厨房花园"，很多乡下庄园更附有大菜地，以便提供自家蔬食。奥斯汀的妈妈就是个种菜高手，在邻居间率先种了土豆和番茄。每次看她笔下的人物吃卷心菜浓汤和炸土豆时，我都会想到她们的菜园。

　　还有画彼得兔的波特小姐。波特小姐虽是中产阶级家庭出身，但她一直声称自己有颗"农妇的心"。她从小就非常喜欢乡间生活，那些在奶奶的乡下庄园、爸爸的湖区度假别墅里度过的少年时光，她潜心画画，用画笔记录下了苏格兰无垠的牧场、落在地面的黎巴嫩雪松枝、疯长的野香芹、攀爬在农场烟囱上的野蔷薇和笑脸一般的三色堇，一路积累，最后爆发成彼得兔故事中优美如诗的背景及细节。彼得兔被园丁追杀的场景里，我认出了那倒地的花盆里散落的三色堇花瓣；彼得兔年鉴里，我认出了波特小姐冬日里的最爱——雪花莲；在啪嗒鸭蹒跚走过的林间小径上，我又认出了波特小姐最爱的粉色指顶花——晚年时她买下农场，专心莳花弄草度日，在她的屋墙上，她铺了粗布便于这些花攀爬。她和邻居好友，常常以花为礼，彼此交换，既是一种园艺的分享和沟通，又是默默的情感交流。

还有美国女诗人狄金森，到了晚年，她从喧嚣的交际中隐退，只与家人和植物为伴，几乎是隐居状态。幼年时代的她就是一个喜欢孤独地徜徉在野花丛中的小女孩。"当我还是个小女孩时常跑入树林中，他们说蛇会咬我、我可能会摘到有毒的花朵或被哥布林绑架，但我依旧独自外出。"这个与草木相伴的习性贯穿她的一生和四季。

她称春日为"洪水"，"草坪上满是南风，气味互相纠缠。今天是我第一次听见树中的溪水声"。春日如此宏大，"如此明亮、如此湛蓝、如此艳红又如此洁白"，樱桃的花光，蓝天白云，春日的光影之中，狄金森取出装在纸袋里的花种，小心地培植好温床和腐殖土，"我种下我的——盛典的五月"。傍晚在花园散步的时候，她也会去扶正金银花的藤。雨天无法从事园艺，她寂寞于无鸟的安静，慨叹到"那些小诗人（鸟）都没有伞"。

　　雨停后她出门采摘芳气四溢的蕨类植物，夹在书信里寄给朋友，这是她常干的事。她常常采下新鲜的玫瑰、蓝铃花，甚至一枝猫柳寄给友人，诙谐地打趣道："这（猫柳）是大自然的银黄色信件，它把信留给你。它没有时间拜访。"这不就是中国古人说的"春消息，夜来陡觉，红梅数枝争发"吗？而狄金森干脆把这个消息寄出去了。写诗的时候，如果暂且没有灵感，她会拿玫瑰做"抵押"，夹在信里空白处，先算作将来的诗句，到时候再兑换成文字……一个活生生的、灵俏生动的狄金森，就这么在花叶的边角处、字里行间，探出头，向我吐吐小舌头，透过她深隐的重门和关紧的心门，我依稀看到了她年轻时如雀鸟般的机俏身影。

　　以花相赠，作为日常表情，似乎是文人常用抒发路径。有一次闲读时看到，写《塞耳彭自然史》的吉尔伯特·怀特，一位沉溺于内心世界、与天地亲近之人，他与一位叫马香的朋友长期通信，两人都是自然爱好者，通信的内容不外乎是家燕归窝了，村口一棵老树被砍了，猫头鹰的对唱是 A 调还是 D 调。在遥远的十八世纪，两个树友、鸟友，就这么飞鸿往来，在庸常的生活之外，共同翱翔在一片无垠精神天空之中。

他们谈得最多的，还是树。怀特用大量的笔墨深情地描绘他见过的大山毛榉："庞大臃肿的山毛榉、中空的山毛榉、修过枝的山毛榉……所有陌生人都爱这些树。"他们都很爱这种树，在信件中交换了各自的大量观测数据。为了酬谢怀特的情谊，有次，马香还把自己修剪的一株小山毛榉寄给了他："我希望其垂下的树枝，能碰到从树下骑马而过的人，从远处看，这种树就像绿色的山丘一样美。"他们心意相通，正如地下根系相连的树。

在中国古代，也有很多这样的"素心人"。陆凯与范晔为友，在江南寄梅花一枝，诣长安与晔："江南无所有，聊赠一枝春。"《古诗十九首》里更有"庭中有奇树，绿叶发华滋。攀条折其荣，将以遗所思，馨香盈怀袖，路远莫致之"，"兰叶始满地，梅花已落枝。持此可怜意，摘以寄心知"。遥想古时，交通艰难，舟车遥遥，那一株小小的花枝，就是烽火中抵万金的书简，知己传达心意的便笺，爱人辗转不寐的相思泪，攥在手心的体温。那些出没在诗词骈赋中的芳菲华荣，蕴藏着何其丰富和充沛的情感啊。

※

　　静静地坐在山顶，感觉山间的空气质感：没被密集的高层建筑筛慢的风速、低飞掠过目前的鸟翅扇起的微风、隐约的花香、被山风吹淡的诵经声。

大概是心慢了，突然觉得春天也慢了。

风从花间吹来，用草木生长的节奏，说服了尘世匆忙的人。

把那些纷纷开落的心事、涨跌不停的情绪都放逐吧，
让时间穿过、拨响我灵魂的空腔。

北窗浴绿记

*

眼前这么多青绿，高高低低押着韵，

像步摇一样发出环佩叮当，这是初夏玉质的脚步声。

这个季节，我总是喜欢待在朝北的窗前。

朝北的房间有三间：厨房、卫生间和次卧。北向日照少，阴寒，我将错就错，把冷色调进行到底。厨厕一色的白瓷砖，橱柜用的是碎绿纹装饰板材、绿色百叶窗，电冰箱是果绿色，电饭煲是暗夜绿，卡式炉是牛油果绿。去年我给次卧装新窗帘，也特地选了灰蓝色麻纱，坠感很好，掩映着窗前的小书桌，上面摆上小小一张配好白框的杰玛·库门。初夏已至，窗外一大排椿树的新叶，由稀疏的嫩绿转成密密的明绿，映着这幅画，触目清凉意。

　　我总是想在桌前多待一会儿，洗菜，择菜，听鸟叫，凉风拂过，望几眼窗景。内心平静之中，生出几丝轻甜的快乐。

　　窗外鸟鸣啾啾——今年樱桃树结的果子多，望过去一树金红，小鸟频繁地往返于树枝之间，也带来了更多欢愉的叫声。这些婉转的声音，给初夏青绿的日子镶上了金边。

　　南向光线足，冬季为佳，北向少眩光和直射光，到了夏天就很舒服，连风也被柔化处理了。陶渊明写道："五六月中，北窗下卧，遇凉风暂至，自谓是羲皇上人。"冬季浴日，初夏浴绿，是官能至为愉悦的享受。

　　隔窗看见植物，总会让人安静。石井露月写过一首俳句："春阳普照猪牙花，花、叶、花与叶。"我看到花木时，常会想到这首诗，猪牙花在春阳下绽出微紫的冷焰，晨光熹微，照亮了花叶，这是一个摇过去的长镜头，视线慢慢平行移动，人与花静静相对。植物以它的静气，沁凉了尘世游衍躁动的心火。

　　窗在建筑美学上的重要作用，是造成间隔效果，所谓"窗眼"。敞开式呈现的光效景色，包括风声、雨声，经过窗的开合角度滤筛，就变成了微妙的取景和背景音乐，有了审美层次和咀嚼余地。窗，一边回应着人的心情，一边让外界的五味声色涌入，最后让人浸润在物我一体的诗情泱泱之中。

逛园林时，我常常见主人在书房开了西窗，窗前种一丛绿竹或芭蕉。傍晚夕照时，西晒的余晖，透过天然绿竹帘，滤出淡淡绿光，犹如纱帘，落在几案的古琴或笔墨清供上，再有半阕残词，就是让人回味不已的一幅画了。月色高升，如果是窗纱，风露透窗纱，遍体生凉，佳人独自嗟叹，情境又换一轮。如果糊了白纸，则月影氤氲，窗外人看来就是一幅朦胧画。如果是绮窗，那又多了几分艳情和脂粉气，隐隐透出香艳的情节。蕉窗听雨、北窗闲卧、隔窗梅影，"守着窗儿，独自怎生得黑"，全是不同的滋味，把窗换成门，味道就不对了……窗，把不可视的风给落了实型，不可见的愁绪也给镶框成写意画了，窗和景的声色游戏，让人玩味不已。

读书的人与窗彼此映照成景。《红楼梦》里，林黛玉所住的潇湘馆东面就是书房，墙上的书架里放着满满的书，用刘姥姥的话说是"这那像个小姐的绣房，竟比那上等的书房还好"。这书卷气十足的屋子里，东面有很大的月洞窗，窗下是书桌，窗前修竹青翠欲滴，还挂着栖有鹦鹉的架子，闲时黛玉会教它念诗。在这庭院深深的深闺岁月里，一切都是寂寂的，"寂寞帘栊""花飞人倦"，竹影映到房里，更是"满屋子阴阴翠润，几簟生凉"。月明之夜，素来心血不足、睡眠不好的黛玉，会不会对月长吁呢？真是一幅美人幽景。

近日，读关于陆游的书，提到他晚年所置的三山别业，以及他的书房"老学庵"。我看了园林还原图，老学庵的北边堆了假山，下有池水，文字证据则是："我今作小山，才及仞有半。下潴数斗水，草木梢葱倩。"（《老学庵北作假山》）而陆游的老学庵自然也有北窗，陆游会在北窗观雨赏山色："北窗小雨余，盆山郁葱蒨。"（《北窗试笔》）也会欣然于草木初生、绿水微澜的生意勃发："盆桧雨余抽嫩绿，砚池风过起微澜。"（《初夏野兴》）不仅是夏日，这江南的窗前，四季有佳景，冷天则是："有情梅影半窗月，相应鸡声十里村。"（《庵中夜兴》）不仅有景，还有鸡鸣，以及它所代表的乡村生活。这北窗外，是葱葱郁郁的、活生生的人的生活。

我站在绿意参差的北窗前，脑海里浮起一些古代的色名，属于夏天的：山岚、绿波、青楸、翠涛。这些描绘颜色的名字，源于起雾的山间早晨。波光粼粼的春水荡漾，树发了新枝，山涛起伏……它们温柔地按摩着我的视觉神经。中国传统色命名，混合了质地、色识、染色源，命名较为感性，可以以直觉回应，有些词听着就生出触感，比如石绿、水绿、葱绿……中国色彩的命名，是很美的。不过，中国传统色彩没有色值，也就是现代这种用科学数据来定位的色号，往往只能比对实物来命名，但这个不足，恰恰给人留下了发挥余地，让"给颜色命名"这件事和考现学一样，成为一门有情、有趣、有故事的学问。比如有种青绿色叫太师青，就是蔡京穿的颜色。

宋徽宗崇尚道教，常穿道袍，蔡京为了拍马屁也追随其后，结果成为京城风俗。就像现在姑娘买口红，都冲着与某某明星同色号一样。最后宋徽宗沦为人质、惨死异乡，蔡京的尸体也用一块青布草草裹了扔掉。颜色，也附会了人的权势光影以及人世起落，最后落上历史的尘埃，直至被研究色名的人翻出。

眼前这么多青绿，高高低低押着韵，像步摇一样发出环佩叮当，这是初夏玉质的脚步声。

我这只是形容，但有通感的人，确实是能从视觉直接转音乐的。通感其实是一种神经系统疾病，以音乐型通感为主，有些病人听到音调就会看见颜色，有些则反之，症状严重的，耳边和眼前总是异常热闹，信号端过度缤纷，病人不堪其扰，只好来求医。有一个音乐家老是说"我要弹那首蓝色的协奏曲"，他描述的是眼前实景。话说我也很好奇，如果我也有通感的话，站在北窗前，耳边该响起什么音乐呢？又有一种古老的调香法，是用香调的刺激度编成高低音阶，然后按曲式编排。这一款北窗风景，该是什么香水呢？可能就是接皮皮放学的路上，我们安静地嗅了一路的香樟树被熟透的黄昏薰出的清香吧。

写写字、看看书、听听诗词格律的音频课，我认字几十年了，却从不识汉字的间架结构之美，没有吟诵的习惯，也没注意到古诗的韵律之妙。皮皮小时候，我带她看过很多绘本，等她长大，我自己又开始重读，因为在皮皮出生的那个年代，绘本开始陆续引入中国，却没有配套成体系的绘本理论书，没做到同步。我重新学习了松居直和诺德曼之后，才发现自己对绘本的理解是有偏差不足的。

沮丧无意义，打起精神，一切推翻重来。把原来的成见，甚至整个知识架构，全部打掉，一砖一瓦地重建……重新装修过房子的人肯定懂我在说什么。先得把家具、杂物全部清理拾空，腾出空间，画结构图，请装修公司入驻，比毛坯房装修的工作量更大。

但是在这样一个初夏，人是很容易鼓起勇气的。

＊

阿咪

*

她说："如果所有的猫科动物都闭上眼睛……

世界将变得多么荒凉。"

一、初识

阿咪是一只流浪猫，最常见的三花，黑、白、橘色混杂，外加一片狸花纹。我一直觉得这种猫的毛色有禅意，随着母亲孕产时的即兴发挥，同一窝小猫，有的黑鼻子，有的白尾巴，同样的素材搭配出不同高低的颜值和风味。阿咪非常幸运地拥有了纯色的肚皮、花色工整的面庞和机灵的大眼睛。

不过，这些都是我和皮皮逐步亲近、喂养它之后，才慢慢观察到的，但细细想来，它什么时候来到我们的眼界里的，还真记不得了。好像是去年秋冬，模糊感到有几窝小猫，老在对面的铁皮屋顶上晒太阳，我和皮皮笑说这真像罗马的大广场，人类闲置的公用空间成为猫们的乐园。

阿咪是否夹杂其中？我不记得了。

再后来，秋天结束，寒冷的冬日到来。无意中，那些猫都散尽了，死了？迁徙了？不清楚。人类每天都被各种大小杂事、无聊的边角信息磨耗着，焦虑地抵挡，或是麻木地虚度一日又一日，没有多余的时间去关注不起眼的小生物。它们艰难地活在人类生活空间的边缘：从垃圾箱里努力地翻捡着厨余，喝雨水，钻进夜间的车棚里，找个破纸箱子过夜。

阿咪好像就是那时候出现的。余光中，老有只猫进出我们的楼道，天气那么冷，雪也落下来了，皮皮让外婆放个纸箱子在角落，说让那只猫睡进来过夜。但是，第二天我们去看，纸箱没有入住痕迹，阿咪倒是找了个更好的住所——我们隔壁邻居是个心善的女孩，常常喂流浪猫，阿咪就栖在她的摩托车踏板上，她的车上有个厚棉布挡风帘，正好挡住观者的视线，又透气，便于观察周围，及时逃离。她爱动物，阿咪大概是凭借某种本能接收到了这种善意信息——

动物行为专家劳伦兹好像说过，动物的某个功能与人类相差不大，就是它们能识别情绪、情感。

不管怎么说，我们松了口气。阿咪已经完成了身份识别，自认为是我们的楼猫了，大摇大摆地出入我们的单元，直奔二楼，去讨猫粮，就是我们那个好心的女邻居。后者干脆给阿咪在过道角落放了一个小碗，每天倒一把猫粮进去。

阿咪很乖甜，心态很好，每次看到我们都会喵喵叫。大概是来来回回打照面打多了，我和皮皮也渐渐感觉到它微弱但结实的存在，有时几天不见，竟隐隐觉得少了什么，有隐忧，生怕它被人诱捕了去……我们都觉得它偶尔的回眸、不戒备的亲近，对我们是一种付出。白白得了人家的好感，似乎该有所回报。有天我对皮皮说，我们也买东西给它吃吧，邻居买猫粮，我们就买冻干、鸡胸肉和小鱼干吧。

阿咪第一次吃到零食的欣喜让我很难忘，它几乎跃上我们的大腿，但还是小心翼翼地保持分寸。虽然它天天舔毛，努力维持基本的体面和洁净，但是下雨天只能窝在车下水洼里的它，常常去翻捡厨余的它，又怎么能像家猫一样干净呢？它并不触碰我们，却毫不吝啬它的高兴表情。我突然很难过，它连一口干净的水都很难喝到吧？

到了黄昏，阿咪就会蹲在我家和邻居家交界处，安静地看着我们的门。它大概觉得在善待它的人中间很安心吧。得到它的信任，我很高兴。难怪那么多人喜欢养动物，比起解读能力颇为复杂、兀自生出很多歧义的人类，它们内心简单透明。

阿咪有时很甜，肚子饿了，它翻起肚皮，用猫的语言对我们示好，娇嗲地叫两声，并不卑屈。有其他的猫想入侵它的地盘，它奋起保护自己的鱼干和领地；有宠物狗逼近，它灵巧地蹿上树；即使是在小憩，它也只是眯眼假寐，从不失去警觉。一只流浪猫的生存能力，真是可观。

阿咪神出鬼没，它最爱的栖息地是一个轿车车底，那辆车是主人闲置的，几乎不用。我想，对一只猫来说，那是再理想不过的了。矮小的空间，却吻合猫的身高，几乎如同公寓般，既能蔽日挡雨，又能挡住大型入侵动物，并且，还能保持观察优势，从暗处偷窥人类。有个诗人摆摊卖书，说是天天看到面前如流的脚，阿咪的猫生自然也是如此。我试图拟出阿咪的视界，那是一双又一双走近又远去的脚：趿拉着拖鞋的，是倒垃圾的大叔；站下来几双脚不动的，是拉呱八卦的老奶奶们，她们讨论的事，无非是孙子入学、儿媳琐碎、广场舞，这些听不明白的人间是非，伴随着阿咪的每一天。偶尔，它看到一双熟悉的脚，嗅到亲切的善意味道，它立刻起身，悄悄爬出来——每次我回家进出楼道，明明没有看见阿咪，但总是在家门口或是小区入口，一转身，不知何处跟来的它，已经默默地立在我身后，目送我远去。

我和阿咪，还有那个爱猫的邻居，形成了无形的默契。她放了猫粮，我就补充鸡鸭冻丁和小鱼干，阿咪不知何时来过，先吃光了零食，又走了。今天天晴，估计它要远足（也就是去我家附近的公园转转），待会儿它会回来，继续吃完猫粮做夜宵。看到猫食碗里食物少了一点，我很欣慰，就算今天没亲见阿咪，也知道它好好地活着，身体健康，胃口不错，没有遇到车祸、恶狗或是毒杀它的人，这一抹流痕，就是它发给我的"平安短信"。

我和邻居，还有阿咪，人和人之间，人和猫之间，没有任何交流。同样，我对一些憎恶它的同类也小心翼翼。我从不敢把食物投喂到靠近人类的居处，窗下或门前，我怕那些人嫌弃阿咪搞脏了环境，会驱赶甚至毒杀它。而这些日渐升起的怜惜和恐惧，都是没有语言外壳的。

一切皆是默默。

我对皮皮说，要不要收养阿咪，皮皮说不用，它现在有吃有喝，还有自由呢。也许有一天它对远方好奇了，也可以去旅行，皮皮说，当然，玩累了还能回来。我说可惜语言不通，不然可以为它准备点干粮，听它说说旅行奇遇。我们幻想着，阿咪像童话里那些历险记主角一样，有丰富开阔的猫生。

我喜欢的很多作家，好像都热爱动物。奋勇庇护弱小生物的人，身上都会散发出一种很强很迷人的能量场。无论性格多么温和，他们实质上都是斗士。他们必须和窘迫的资金、日益恶化的生态环境、疾病、死亡不懈战斗。最近看一本兽医日记，这个医生并不富裕，却收养了很多残疾动物。其中有一只是出了车祸，失去听觉、嗅觉、视觉的小狐狸，在它短短个把月的狐生中，兽医夫妻拼了全力，使出浑身解数想救护它：他们开车载它去旷野，找狐狸喜欢的向阳草丛，给它喂食牛奶和碎肉片，小狐狸一次又一次地把食物吐出来，拒绝进食，妻子难过地落了泪："这样它会死的啊！"

然后，他们灵机一动，找了只大狐狸来。话说这只大狐狸当然也是一只残障动物，它在年幼时曾经被母狐伤害过，落下了心理疾病，数次自残，咬断了自己的后肢和尾巴，做过截肢手术，只剩下前肢爬行，兽医把它收在身边，天天和它说话，终于它不再自残。不知是否物伤同类，大狐狸对小狐狸迸发出怜惜，它陪伴它，给它做养母，可是这些都不能让小狐狸释然，大狐狸急得饭都吃不下。在小狐狸短暂的狐生里，唯一一晃而过的快乐，是被兽医妻子抱在怀里，它恍惚以为回到了妈妈身边，放松地睡去了。这样残破不堪，简直是直奔痛苦和死亡而去的生命，它的意义在哪里？

书里让我感动的是人类和那只拼命想让小狐狸开心的大狐狸养母，一个生命拼尽全部心力，只是为了让另外一个不关己也没有血缘关系的生命得到须臾的欢乐，这善意，就是生命的价值和尊严。

兽医夫妻与受伤的小动物没有利益关系，倒是麻烦不断：这些动物到处大小便、啃咬物件，把家里搞得一团糟。抚养这些残疾动物，他们并不会获得一分钱医药费，甚至听不到一句"谢谢"。倒是有次，伤愈掉头就走的鹿，抬腿就狠狠踢兽医一脚，扬长而去。他们夫妻做这些护生善事，是因为内心已与外物相连，为它们的苦而苦、乐而乐。

在我和皮皮去过的动物园里，除了健硕的壮年猛兽，还有三条腿的豹子、眼花缺齿的老熊、断喙的鸟，饲养员们把食物切碎，努力去迁就它们的牙口，给它们装义齿（喙），这是动物园最美的风景之一。那是对"生"至高的尊重，即使是不完美的生命，也有乐活的权利。看那只三条腿的豹子自信满满地跃上高岗，觉得这是善意增熵后的光芒四射。

有种利己思路，是觉得我把什么都给自己，不对他者付出，就会攒出幸福。其实，爱的增值，是在给付和流通的过程中，就像钱必须得花出去，不然就是一堆无用的数字。撇开道德，即使从功利角度来说，大多数自私自恋的人都活得郁郁寡欢、怨气重重，倒是喜欢付出的无私之人往往快快乐乐——人如果是个孤岛，就算是身处金子打造的皇宫，也是冰冷的孤绝。而你与他者相连后，就像内河与公海相连，才会拥有更多的暖意资源。一个融于天地的人，会获取真正的宇宙力量支持。在他们那无畏坦然的笑容之后，闪着天地神灵之光。

二、不潦草的生命

关于流浪猫阿咪，一篇是写不完的。话说阿咪渐渐地渗透进了我们的生活，日记里时而看到这样的句子："今天外婆生日，大家叫了外卖比萨，买了小蛋糕，草草庆祝一番，给阿咪也加了猫条，让它也高兴高兴。"

"台风天，外面落雨如注，阿咪无处可去，一直趴在我们家门外。阿咪一见我们开门，就起身走过来，高兴地喵一声，不多叫。它特别想进我们家看看，但外婆不许野猫进门。今天它无意中挤进来了，高兴地四处走了走，看看野眼，往空中闻了闻，似乎要在气味维度上记住我们，然后转身就出去了。整个过程，非常像到朋友家串门。皮皮夸它：'阿咪真是只很有教养也不话痨的好猫。'"

"今天在公园散步，发现池塘玉簪池边有几丛高高的野草，比狗尾巴草粗壮很多。我说，这是狼尾巴草？皮皮说，这是'阿咪尾巴草'。风吹草动，'阿咪尾巴草'开始摇曳，我顿时看见阿咪低着头，摇着尾巴，喉咙里发出呼噜呼噜的快活声音，低头吃猫罐头的样子……眼前人是心中人，眼前草也变成了心中猫。"

"今天看见阿咪迎上来，张着嘴，却没有声音，我突然明白它嗓子哑了，心里发急，在网上乱查了一番，说是没有咳嗽、喘息、胸音就还好。我仔细观察，阿咪除了发不出声，能正常进食饮水，精神也尚佳，可能是上火了吧！朋友说猫生病应该吃鸡胸，外婆赶紧奔去菜场，买来给它煮了，它呼呼吃光后，我才放下心。想着要给它再煮点绿豆汤、金银花水去去暑气。"

又过了好几天。"今天，听到一声模糊的猫叫，我欣喜地冲出去，发现是阿咪身后的另外一只猫，皮皮说，难怪声音都没有阿咪那么好听。阿咪的声音像台妹的软语，是软萌圆润的。而且它发声频率不高，只是宣告一下存在，打个招呼就安静自处了，不扰人。即使阿咪不出声，我们也不会改变对它的感情，但还是希望它保有那曼妙又无比配它气质的声音。"又过了几天。"今儿听到'喵'的一声，声音软软的，不敢相信，再逗它，这次真的是阿咪！果然它嗓子好了。我们真高兴啊，奔走相告'阿咪嗓子好了，阿咪好了！'"（其实也就是告诉外婆啦）。"

阿咪嗓子好了，但是又出了新的剧情转折——楼梯间来了一只黑瘦三花，黑面孔夹着黄眼珠，表情阴森，叫声像长泣，非常悲苦，听得让人有点发毛。本来我们想，每只猫吃自己那份就好了，结果发现那只黑瘦猫老是偷吃阿咪的东西，还打它的脸，又挡着它的路，不许它来分食，自己却在楼梯肚里安了窝（阿咪一般吃完稍歇就走，不破坏楼道环境，也不会激惹邻居）。皮皮愤怒地说："它怎么敢！阿咪比它大一倍都不止呢。"然后，皮皮对着阿咪身教一番，现场做武术指导："下次它再欺负你，你就揍它！实在不行，就一屁股坐在它身上。你屁股这么大，长得这么胖！"我说："你记不记得你小时候，个头比你矮一个头的小朋友都能把你推倒，抢你的玩具。这个打架嘛，不完全是靠体格和力气，更重要的是天生好斗，粗野泼皮……"皮皮想了下，叹了口气，不说话了——哎，我有点明白为什么阿咪会对我们恋恋不舍了，大概是骨子里的气场契合，阿咪就像我们家人，孤僻、话少、斯文、腼腆，不喜欢和人吵闹抢夺，尽量压低声音，削弱存在感，只想安于一隅，静静厮守度日。

阿咪认得我们家，到了饭点，它就三两步跳上楼，有时会轻轻地用头爪触门，我们赶紧开门，给它端上猫粮、猫冻干，挤好猫条，拌上猫罐头，再备好一碗洁净的水。对流浪猫来说，洁净的水源是生命的源泉。它们中相当一部分猫一辈子都没喝过干净的水，只能喝空调滴的水、下水口排出的水、污水，这些水让它们中的很多死于肾衰竭。所以我总是鼓励阿咪喝水。

阿咪吃饱喝足，就会找个能看到我们家门的角落歇一会儿，每次位置不固定。如果是转角，它就把头扭过来看着我们，长久长久地深情凝视着我们。五分钟，十分钟，我们开门，端丽坐姿变成慵懒横卧，仍是那玉色般温润的眼神，无声胜有声地投向我们，简直是千言万语（我突然理解了我爱的女作家写的猫科动物的眼睛，她说："如果所有的猫科动物都闭上眼睛……世界将变得多么荒凉。"那就该是剧场熄灯那样的黯然吧。）。

我还想到一首诗《看》：

只能盯着看

不，只想盯着看

手与手指不动，轻轻地，想用目光拥抱你

只想用眼睛爱你

它比语言更加正确且有深度

永远盯着看下去

想和你一起去遨游心的宇宙

每次，我都觉得不可思议——猫和人类相反，人类精于语言的辩驳、解析，能把末梢语言单位分解成更小的质素，放大出无限隐于暗处的深意，然后缔结联盟或展开厮杀。猫不一样，它不明白精确甚至粗略的语意，可是它准确地理解了人类对它的善意或恶意，对情感色彩的判断完全正确，然后它精准地感激或躲避，以"比语言更加正确且有深度的"的眼神。

我们邻居也喂它。现在阿咪在我们家已经吃得很饱足，肚子完全不饿，但是见到我们邻居，阿咪还会上前打招呼，就是一声"喵"，并不多言。它记得这是喂过它的好人，它是一只懂得恩义的猫。我有个女友，也喂她家附近的猫，后来发现那只猫蹲踞在窗外的树上看着她洗碗……我能想象那只猫的眼神。所以，人类繁复的语言，真是沟通的捷径，抑或是制造误解的樊篱？我常常不能确认。

喂了一阵子之后，我发现阿咪的右耳上有个小小的三角形耳缺，阿咪可能是做过绝育之后，被剪耳放归的。皮皮说阿咪一定是只曾经被人类温柔以待的猫，它对人类没有惧意，总是落落大方地行走在人类的地盘，不似大多数流浪猫的惊惶胆怯。它最喜欢盘踞在一辆旧电动车上，一边用破旧脚垫磨爪子，一边饶有兴趣地关注着人类世界的动静，要么就是跃上高墙，俯瞰人间百态——我们这个破败老小区来去的多是挎篮买菜的留守老人，日复一日的柴米家常，在阿咪碧玉般的眼睛里也被转译成了万般兴味。阿咪既有电动车接地气，也有墙头望远，真是一只既有"昼夜与厨房"，又有"诗和远方"的流浪猫啊！快递小哥上门，它也想凑上来看看他送的是什么，小哥也给它逗乐了，从口袋摸出零食喂它。

之前皮皮去上暑期课，阿咪会在楼下等她。看见皮皮回家，阿咪就雀跃地跳上前，前前后后地围着满面疲色的皮皮，嗅她的书包（为什么你老是拖着这个沉沉的家伙，里面装的都是好吃的猫粮吗？）。阿咪仔细地闻着皮皮的书包，很快失去了兴趣，它跳上窗台，歪着小脑袋，目送皮皮回家。皮皮开学后，阿咪扑空了几次。后来，它慢慢摸清了皮皮上学放学的规律，到时就等着接送皮皮。皮皮每天早晨都会看见一个毛茸茸的脑袋在楼梯栏杆里伸出来，浅绿色的眼睛目不转睛地看着她，充满了信任和依恋，皮皮说阿咪的眼神有灵魂感。有时夕阳西下，阿咪立在墙头目送我去驿站取快递，披挂一身七彩霞光。猫科动物那端丽昂然的站姿，让我想起了在陕博和洛博见过的那些英气逼人的胡装骑马女俑，又想起了埃及神庙的那些猫，生如蚁而美如神是每个生灵的天赋权利，上天造任何一个生命都不潦草啊。

它比语言更加正确且有深度。

阿咪生于天地，在人类生存的边角空间游走，利用人类的剩余物资为生，获取小小的猫生快乐——人类的残羹，是它的美食（而那些高盐重油的食物，最终让很多流浪猫死于肾病）；人类空调滴出的水，是它的一部分维生水源；人类扔掉的废纸盒，是它短时的家；一棵长歪的老树，就是它的猫爬架；树皮还兼做它的磨爪器；掉下来一个野果子，它能抱着玩半天。白天在人群喧嚷之处很少见到流浪猫的踪影，入夜，我回家，却能看见它们自在地漫步，人类撤出以后的夜的世界，是它们的游戏场。

皮皮自小爱鸟，她养的鸟曾经被野猫扑杀过。皮皮难过地大哭，她一直不亲近猫，但阿咪以一己之力给皮皮上了一堂生命课，就是万物如何共享地球资源，并尊重其他生物的存在。绝育为先，控制数量，以收养代替购买，这是目前的基本思路。前阵子看江北一个小区有几十个爱猫的居民自发筹款，把小区的流浪猫送去绝育，然后定点喂养，以求达到环境和生命的平衡。这算是一个理性善意的解决之道吧。

三、我与狸奴不出门

冬天渐渐逼近，日落越来越早，回家路上的紫楝、乌桕、喜树陆续结出果实，青奥的乌桕树、灵谷寺的银杏、栖霞的红枫、午朝门的杉树、樱花路的枫香树，也要依序变色。我趁有太阳的日子，一个个去探访，路走得太多，脚都裂开了，每晚都要涂护脚霜。连练硬笔书法时，写的字也变成"呵冻研墨，笔端生春"了。

随着天气变冷，阿咪在我们家滞留的时间也越来越长。吃饱了，喝完水，它会找个离我最近的角落，蜷起来打盹，但是，如果长时间地关住它，它就会不停地对着门张望。阿咪乖巧懂事，不会大声乱叫，但我能看出它眼神中的焦灼。它是流浪猫，惯于到处走动。我们家氛围比较散漫，人人都讨厌纪律生活，一向予以每个成员安全范围内最大值的自由。长幼辈之间平等交流，没有压迫感，大家都管控好自己的领域，也不会侵入别人的领域——我是自由职业者，全凭喜好读书写作，我手写我心，自在放飞心意，定时交稿即可；皮皮按计划完成她的学习任务；外婆以每日时间表处理家务和后勤杂事，闲时开着小蓝牙音箱听音乐、看我推荐给她的小说。大家各司其职，互不干预。同样，我们也不愿意管束阿咪。

但是，这样灵活地切换于居家和游荡之间的阿咪给我增加了大量的麻烦。它做过绝育，没有生养一窝小猫的后顾之忧，可流浪猫大多是携带病菌的，我得负责维护家人的健康。我给阿咪划定了活动区域（不能进卧室），给它定时做内外驱虫、洗耳朵（去耳螨），不时用伍德灯检查是否感染猫癣，给它吃营养猫粮以增加抵抗力、服用维生素预防疾病，家里还常备几种动物可舔舐的安全消毒水（去跳蚤、蜱虫、虱子的，去真菌的，等等），轮流喷洒擦洗墙面地面，时刻关注家居环境，看家人有没有虫类叮咬痕迹。但是，阿咪到底是散养，重复感染是必然的。我看着它来去自如的悠然，心里其实是拎着的。就像养孩子一样，在自由和安全的平衡木上，我走得很辛苦。看着它信任的眼神，让我把它赶出去或是关起来，我都做不到。

阿咪与我们的关系像朋友，平等而松弛。外婆买菜回家路上，偶遇正在树篱边玩耍的阿咪，外婆就招呼它："阿咪，回家去吃饭吧。"阿咪玩得起兴，不理睬外婆，外婆就径直回去了，知道它饿了自然就来了。

又有次，我和皮皮出门，突然，皮皮指着屋顶说："阿咪！"我近视，只模糊看见一把很像拂尘的白鸡毛掸落在小车棚顶上，靠近一瞅，还真是阿咪在酣睡。和平时的睡姿不同，因为无人类打扰（确实，两足兽爬不上那个高度），也无其他猫的骚扰（猫的领地感很强，其他骁勇的野猫都占领了面积更大、视野也更好的屋顶），在这个狭小的独家屋顶，阿咪把自己摊得笔直，手脚全撑开了，它很放松，连脚爪都伸到棚子外面去了。我走近车棚，在下方的树荫中，碧绿的枝叶间，赫然两个毛茸茸的小爪子。我看得发笑，悄悄踩着石块，想去挠它的脚心，它一下惊醒了，立刻顺着树跳下来和我们嬉闹了。

无论我多晚出门，阿咪都会从它藏身的屋檐下、墙角里跑出来送我。我下楼，四处张望，当然啥也看不见，以我人类的眼睛。然后，一回头，一个白色的小身影，已然悄无声息地浮现在大块的夜色中，默默地跟着我走到小区门口了。不管刮风还是下雨，它都会出现。隔壁单元穿睡衣下楼倒垃圾的小姐姐用诧异的眼神看着我，她不明白为什么这人老和黑洞洞的空气挥手告别："回去吧，天冷，快回去，别送了！"

朋友之间当然也有误会。为了给阿咪驱耳螨，我买了进口的滴耳剂，听说是植物成分的，没有耐药性，也不怕被误舔中毒（猫常常用舔湿的爪子挠耳朵，我怕万一顺带舔到）。那个药品视频里的药模猫配合度非常高，使我低估了上药的实操难度，结果那个药物气味一出来，阿咪就开始警觉。我想把药滴进阿咪耳朵，它立刻把耳朵关紧——猫耳朵上有肌肉，开合控制自如，这个我也忘记了。然后，满屋子上演人猫追逃大战，阿咪逃到门口，我把它放走了。

后来，它也来吃东西，但总是保持警戒距离，不像之前会主动拉我的手，又翻出肚皮让我撸。流浪猫长期处于险恶环境中，警觉性都比较高，如果给一只初识的流浪猫喂食，得先把食物放下，退到远处，待你走远，它才会把食物叼走，拖到隐蔽处吃掉。我和阿咪语言不通，无法解释，失去阿咪的信任，我有点低落。

随着时间过去，阿咪开始重新接近我，对我伸出小爪爪。我裤子上重现的灰黑小爪印和白色猫毛，是人猫之间重修的友好协议。虽然作为猫它不理解我的行为，但是它相信我不是想伤害它。它始终把我放在朋友的范畴，而不是敌我关系中（对朋友，即使不理解，我们也是悬置或尊重那个空白地带，不会以超底线的伤害性行为去还击），在我们的沟通盲区里，阿咪没有填塞以恶意揣测。这点，我甚至心怀感激。

天冷了，我们为阿咪准备了厚棉垫子。冷空气过境、大降温的日子里，阿咪跑来顶我家的门，喵喵叫，我们赶紧把它迎进来。阿咪在垫子上躺下，睁着圆眼睛，竖起耳朵听着外面的狂风大作，被风吹起的广告牌呼呼作响，和往年的凛冬一样吓人。可是，阿咪今年有家可归了，它有门可以挡住风的扑杀，身边还有堆得满满的猫粮碗，也有关爱它的人。阿咪把自己蜷成一团，睡着了，还打起小呼噜。我在它旁边看书、喝咖啡，彼此安静地互相陪伴着，第一次体会到这种风雨来袭、垫软屋暖、"我与狸奴不出门"的幸福感（注：

狸奴即猫的别名）。

　　自此它常在晚间来访，放学回家的皮皮、外婆和我围桌吃一锅小砂锅。我家饭食简单，炖一大锅牛肉，加粉丝一顿，加胡萝卜一顿，加土豆又是一顿。我们吃着简朴的饭菜，听皮皮说学校里好玩的事，大家说着说着就笑了小小的厨房里文火还在炖着汤，汤材翻滚着，发出咕嘟咕嘟的声音。阿咪嘎嘣嘎嘣地咬着它的冻干，或是呼噜呼噜地吃着香喷喷的鱼罐头。屋外有大风，屋内有小温。皮皮转头看看阿咪，说："我们家真温馨啊！"虽然没有豪舍华屋、珍馐罗列，但是"家人闲坐，灯火可亲"中的笑语相依让人倍感温暖。

　　阿咪紧紧地闭着眼睛，把爪子收起来，抱着自己的腿，用尾巴垫了，香香地睡着。有时它醒过来，看看我，换个姿势，又睡了。我久久地看着它，阿咪没有房子、存款、月薪，没有父母、兄弟姐妹、朋友，没有衣物、家具，它所有的财产，只有它自己的一身皮毛、四肢和尾巴、一条命。它抱着它所有的财产，进入了梦乡。梦境里，它看见什么了呢？是早已不见的妈妈，还是欺凌它的坏猫？我想着一阵心酸，再一想，不对，阿咪有我们啊。

　　某个周末，我一边看书，一边构思着新文章。又想着"双十一"要来了，皮皮今年还在长个子，必须买新羽绒服，孩子坐在教室的时间长，但也得上体育课，得选件绒好轻盈、贴身保暖的。羽绒服能从初冬穿到春来，使用频率最高，值得投资一件好的，有空得翻查一下去年的尺寸表，衣长腰臀都至少得长两寸。外婆下蹲时老是很吃力，记得要给她买氨糖护关节，前阵子我查看她的体检报告，有些小问题，都要对症选择一些营养品。还有，阿咪睡觉时怎么老吧唧嘴巴？难道是肚子里还有虫？再囤点内驱药吧。另外，高档罐头多买点吧，体质好，免疫力提升，对付病菌的抵抗力也能增强吧……呃，我发现，我已经把阿咪当成家庭成员来考虑了。

有天我出门了，外婆说阿咪今天溜进卧室，跳到床上去了，它在那里兴奋地翻滚，怎么都不肯下来。我赶紧换床单，给外婆衣服喷杀毒剂。我想，阿咪大概第一次躺到这么松软舒服的地方吧，它平时能找到一块干爽的水泥地面就很幸运了。皮皮说我们赶紧去给阿咪买个猫床吧，我们开始上网选起来。

过了几天，皮皮给阿咪选的小猫床到了驿站。正好那天太阳好，我把猫床拆开，放在阳台上晒了。去去味道，杀杀菌。然后，阿咪中午来了。趁它吃饭，我摊开猫床铺好。我拍了拍床，示意阿咪可以躺下。阿咪试探着走上去，没有我预想中的欣喜，倒更像是害怕。它一爪子下去，猫床的软垫子就陷下去一块，阿咪对这种异于它平日活动场所的质地很陌生，它的爪子在发抖，又不停舔自己的毛，还抱着我的手舔，这都是宣示紧张的身体语言。我摸摸它的头，给它梳毛，它换了好几个睡姿，慢慢地放松了。过会儿再看，它已经睡着了，和平时因为冷的蜷姿不同，现在它是伸直身子睡的，看上去很舒服的样子。我和皮皮真高兴啊。

※

去公园散步吧

*

空气里割过草的青涩气味、石楠花开的浑浊恶气、
蔷薇的繁香蜜意、鸢尾花的脂粉香……
鼻子一点都不寂寞。

一、散步去

我是个散步爱好者。一般来说，老城区小店密度大的生活区和附近作为市民休闲处的公园，相较于高楼林立、高架桥衔接各商业区的现代化新区，更适合散步。新区一般远离市中心，为了提高容积率，安顿更多人口，必须建高楼，人们得用汽车通勤，一切配置都以汽车速度为参照，而解决住户生活需求的，往往是一些集购物、娱乐、教培各功能于一体的综合型大楼，这些楼也是封闭的，可能还没有临街店面。人们白天上班打卡进公司，晚上刷脸回网格化小

区的家，周末再开车去一个封闭的大楼，完成所有休闲及购物。人，就在这些密闭的道路和空间里被抛来抛去，活动轨迹非常生硬，和自然、新鲜空气、他人都是绝缘的。而心灵的安适，需要一个过渡地段。

我喜欢那种适合散步的街道，沿街会有很多小店（夜市），可以一间间逛下去，和店主聊聊生意经，摸摸架上的小手办，驻足看店员给一只大萨摩耶梳毛，手里举一杯当季樱花饮，慢慢欣赏街边小姑娘穿的新款衣服——汽车时速四十公里，人的缓行时速是四公里，所以，为散步而设的沿街场所，道路的空间速度慢，接近步速，而景观密度、活动趣味、人际接触都比较丰富，它们可以让工作和家庭之间有一个带体温的衔接地带。

公园，大概就是类似的作用。我说的公园，不是收费景点，也不是特定功能性场所（动物园之类），它也不能引发旅行那种骤升的情绪峰值，它是一个可以无痕衔接到生活里的场所。公园的气质，类似于吉川幸次郎总结的宋诗特点：一是"和日常生活的联系"；二是"平静地获得"。

它常为人所忽视，即使是研究园林史的人，多半也是注重私家和皇家园林——文人雅士养心之所，却很少有人研究公园这块。事实上，公园最早源于周文王的灵囿，之后有汉武帝的上林苑。但从使用性角度来看，真正达到公园标准，成为普通百姓闲时游赏的城市山林的，是六朝时的寺庙园林：一是为了传教，二是为了佛法平等，让原来只有王侯才能享受的美景，进入平常百姓的生活之中。

公园是城市文明的重要标志物。两千年前，古罗马发展出下水道系统，成为当时傲视全球的先进城市。十九世纪的巴黎因为下水道而闻名，而与此同时，伦敦产生了第一所市区公园——海德公园，在它之后，世界上又有了波士顿公园、中央公园，它们让工业发展后远离农业社会的市民，可以摆脱煤烟呛鼻，去寻求一个与自然接触的漫步之地，也是城市精神地标，意味着对心灵被物化的反抗。

园林史、建筑史是我特别爱看的书籍门类之一。中国古代园林是个非常特殊的建筑种类，它是文人画家寄情之处。它历来有两路研究者：一路是汪菊渊、陈从周那类美学散步的印象派；一路是周维权、杨鸿勋这类用西式方法论来研究，对园林的基本元素和结构方式进行爬梳解读（不过中国园林本来就有法无式，反对方认为这类学者有预设建构之嫌）。

在园林史的纵向梳理中，必须引用大量古籍资料。而这些引文往往都是地方志，民俗类笔记，《清嘉录》，其动人美感，不是文采，不是思辨，而是人，是人曾在某处刍荛、捕猎、雉兔，是他在四时晨昏之中饮茶、观花、看潮、交际、游居，是士子的闲愁，是官员在官场世故外的赤子之心，是深闺怨女的闺情……是这些活泼泼涌动着的情感与生息。我们与古人隔纸相望，有时，也能握住他掌心的温度。就像练书法的人反复临帖，随着技术精进，慢慢可以领略古人放在间架结构、墨色、出锋中的情绪和心志一样。

"一刻的美感经验，往往有几千万年的遗传性和毕生的经验学问做背景"，这"长久的预备"，就包括真诚地生活、观察世情、储备视觉经验，比如：我在南京逛公园。

二、我在南京逛公园

南京有很多的免费公园，它们见山依山，见水依水，见了城墙也傍一傍，像野草一样随处生根成景。它们潦草写意地散落在街边，以敞开的心态接纳着市民。去邮局办事、到银行缴费、陪小朋友上兴趣班，路过了，正好有半小时闲暇，就晃进去，看看当季花草、黑水鸡戏水，甚至什么也不做，就是在树下吹吹风。空气里割过草的青涩气味、石楠花开的浑浊恶气、蔷薇的繁香蜜意、鸢尾花的脂粉香……鼻子一点都不寂寞。

有一天我突然发现，它们贯穿了我的成长史。

古林公园，与南艺地界相接，是我上中学时常常逃课来晃悠的地方。在我小时候，城西没有开发，属于荒僻之地，这个园子的布局更荒蛮些，草木也不是这么繁盛，人气冷淡，特别适合逃课的中学生，揣着零食，拎着本言情小说来遐想纷飞。

公园是常逛常新的。

往年每到谷雨之前，我都要去古林公园看牡丹。那时节，连空气里都是牡丹的香风。在写生的小朋友身后坐一会儿，静心闻香，是无上享受。顺便观赏一下木香藤架——公园里那架大木香是和紫藤混栽的，娇黄嫩紫的一道花瀑，格外有春日明媚之感。但今年在小路上突然发现另外一处由繁花密密织成的木香架，覆满了一道长廊，我在山坡上往下看它，简直就是一个结结实实的花屋顶！一个睁着眼睛的梦境啊！心里有一句诗悠然溢出："睡起中庭月未蹉，繁香随影上轻罗。"我心里笑起来，张元幹啊张元幹，你要看到这架木香，就不会用"轻罗"，而是得用"重锦"了吧。

又好比，我年年都去植物园北园（门票15元）看樱花和鸢尾。今年去迟了，没见到樱花，倒是被青、红枫惊艳到了！平日路过就直接忽略掉的枫林，在清明时节的明润空气中格外气韵生动。一片青色鸡爪槭夹着红枫，"绿阴生细风，一抹红云动"。看得我呆掉了。

玄武湖北侧的情侣园，特别适合春天，它的蔷薇科植物繁多。先是红叶李、白梅、樱桃花、杏花开始报春，等到它们花落成海、碎剪红绡时，樱花、垂丝海棠、西府海棠、木瓜奋起中兴，直至爬篱蔷薇来殿春，硬生生把春天谱成了一阕质实绵延的长调慢词，词牌名可以叫作"蔷薇慢"。哈哈哈。

体育公园，我朋友嫁了体院老师的孩子，有套房在这附近。有次她带我过来闲逛，从此，此地成了我在城东最爱的活动场所之一。体育公园近灵谷寺景区，小时候我和妈妈讨一个纪念品，妈妈不给我买，我气得躲在无梁殿的大树后面。天色渐渐昏黑，古碑森然，工作人员下班了，游客也返城了，暮色四合，我很害怕，自己跑出来了。后来看中国古代建筑史，民国时无梁殿的图片上就已经有两棵银杏树，不过那树看着还在幼年状态。这两棵树，对我来说可不是景点，而是参与了童年的熟人。

顺便说说紫金山（钟山）的树吧。这几天读六朝史，书上写到，钟山本来草木稀疏，崖窟峻异，从东晋开始，令诸州、郡官员罢职返回京师时，必须在钟山种植松树。又有《金陵地记》云："蒋山（钟

公园是常逛常新的。

山）本少林木，东晋令剌史罢还都，种松百株，郡守五十株……"
四望碧色深秀中的幽谷，那些树，何尝不沾染往昔的手泽？

体育公园就坐落在紫金山山脉的山脚，它有微妙起伏的向阳草坡，还有好几洼像婴儿眼白那样发蓝的幽亮湖水，春来有野鸭子悠闲凫游，秋天点缀着淡淡的蒹葭和红蓼，水面还有零星的黄睡莲，映着远山如眉，水清如眸，上衬碧云天，脚踩黄叶地，正如层层荡开的协奏曲，回味悠长。

体育公园是我秋日的最爱，因它水景好，而秋水又最静美，也因它有大面积的缓坡可种花。紫金山有大量的菊科植物：蒲公英、波斯菊、黑心金光菊、大吴风草、剑叶金鸡菊（太阳花）、矢车菊（"在海的远处，水是那么蓝，像最美丽的矢车菊花瓣，又是那么清，像最明亮的玻璃……"小时候，爸爸送过我一本《安徒生童话》，我对这段关于海的描写印象深刻，那时，我还没见过海，也没见过矢车菊，但已经在想象中认得它们了）、小雏菊、马兰、紫苑、万寿菊、百日草、黄金菊、天人菊、野菊、松果菊，还有让园林部门甚为头疼的入侵植物：一年蓬和加拿大一枝黄（这名字听着就来者不善，让我想到大名鼎鼎的动画片奸角"一只耳"——黑猫警长的劲敌）。

菊科春夏也有开花，比如春天的蒲公英，夏天的百日草和万寿菊，但秋天尤盛，菊科一旦花开成阵，如衰草连天，如中流翻月，半山金碧，那个璀璨气势是震天的。"寒露后十日，菊有黄华。"古时一直把秋天称为"菊花天"。菊花在中国人的文化谱系里，要么是绕舍傍篱的隐士之花，要么是凌霜不败的君子代言人，但其实它也有活泼的一面。菊花中，最有幽默感的是松果菊。菊花一向冷面傲骨，是虽枯不改香的耐寒君子。然而，松果菊和乒乓菊是菊花里两个哈哈大笑的谐星，这两种菊花都是头大身重如婴儿。乒乓菊拙朴可爱；松果菊花开时，舌状花瓣下翻，像在吐着舌头咧嘴笑，非常有喜感。这二位，完全没有秋来常在园林展出的名种菊花那高冷的矜持。

除了色，菊花还有异香。平日里买鲜花，收到花以后，拾掇花材是件麻烦琐碎的事，要浸水剪枝、去除杂叶、滴保鲜剂，最后，还要像做饭完毕一样收拾现场，除了菊花——菊花的枝叶芜杂，但在摘叶子的过程中，菊科特有的微苦药香会飘逸出来，我总是故意把叶子撕碎，也不扔，就那么放在厨房、厕所做熏香。重阳节插头留香的茱萸，是菊科。梁实秋曾经写他小时候，八月（阴历）吃螃蟹，吃完了母亲让大家去后院采艾尖，揉碎了洗手，去腥气。艾也是菊科蒿属，有浓烈的挥发香气，与蟹之美味，相映成辉。逛公园时，最喜欢坐在野菊丛边，菊科植物的烈烈芳香，是秋日一大鼻端风景。在秋天的体育公园缓缓而行，是官能的巨大庆典。

绣球公园，城北最爱的公园之一。夹在挹江门和仪凤门之间，遥望望江楼，曲水明丽婉转，城墙苔壁有古意，后园绿苔深径尽头，几座迷你石桥更为我所喜。绣球公园不但游览动线很灵活，花木配置也很合理：既有高大的老香樟带来树影沉沉，又有几人腰粗的巨大玉兰，带来夏天乘风横掠湖面的玉雪香；也有低矮灌木，如满树白花的清新木绣球，更低处，则是俨如城墙踢脚线的二月兰；还有画家最爱的线条遒劲的白皮松、紫薇和青松——既有高低错落的绿意层次，又有一年四季的更迭替补。无论何时，入目都不索然乏味。在妈妈家过的周末，几乎都会顺脚来逛逛。我觉得热门景点人多哄杂，早已失去闲趣，倒是公园更合我意。

南京的公园，有一些是因为植物被我所爱，除了上文所提的，又比如栖霞的红枫、仙林湖公园的青柚树，还有青奥公园的那片乌桕树。到秋天时，可以站在跨江的南京眼桥上，平视树巅，红的、绿的、黄的，再加上已经剥落果壳的白果子，缤纷异呈，像握在秋天手中的一把宝石。

也有一些是因为水景。南京是临江的城市，有一些江景公园。浦口的滨江公园，这公园在江北，江北近年来承国家开发，成为很多年轻人的栖居选择。这个公园的风景，应该是带着孩子、满面疲色的年轻夫妻，丈夫扛着孩子的滑板，妻子推着没有孩子的空车，小朋友在父母的追喊中满江滩乱跑。江风寒气四起，芦苇晃出萧瑟意，我和皮皮，看着远方逐渐亮起的长江大桥的灯光，那玉兰形的灯曾经在课本里被描述过。江的南边，是我的家，我对皮皮说我想回家了。

火车主题公园在江南，与滨江公园隔江相对，长江大桥从它们头顶跨过。这两个公园的散步者，彼此可以看到对方，中间隔着来来往往的船。长江航运看来比较萧条，船身都破破烂烂、锈迹斑斑，被货物压得沉入水下。我妈妈幼时在浦口。她小时候常在江边看船，同学在旁边用江水洗衣服，她掉过头对她说话，这是我妈贫瘠的少年时代最美好的回忆之一。长江大桥落成时，我妈意气风发地走过了大桥，这是当时年轻人共有的骄傲记忆。

秋冬之交的周末黄昏，我和皮皮最喜欢到这里散步。站在荒废的轮渡栈桥上，可以看到江对面有红灿灿的落日滑落，它滑下云翳，挂上高楼，最后掉进江水里。我们吹着拂过芦苇荡的江风，静静看着"余霞散成绮，澄江静如练"。江边风大，一日比一日冷，我们改变了散步地点……冬天来了。

三、小雨来得正是时候

妈妈家附近有个小公园。儿时，这里只有半坡野山和傍山的几户人家，稀落长着野树，不是什么齐整的景致，我也没放在心上。偶尔骑车经过时，会被春来盛开的一棵大玉兰惊艳到，想着哪天要停下来，走近好好看看。

这么想了很多年，一直拖到这个夏末才起兴进去，发现它不再是个眉目模糊的小山坡，俨然被郑重修整过，挂了牌"八字山公园"，还有了像模像样的出入口，坐着看门人。入口种得整整齐齐的若干畦花圃，定睛一看，是红黄两色的曼珠沙华。正好眼下又是中元节前后，这明黄照眼，红焰成阵，正是应景。

我对皮皮说，看看这彼岸花，七月十五是地官赦罪之日，其实应该是以百种花果供佛、感念父母养育之恩。寺庙及民间到这时候都要供花的，所谓"满殿香花争供养"，民间会简素一点，以竹盆盛花祭祀。立过秋了，早晚都凉，虽然穿凉拖露出的脚趾头还踩不出露水（那个大概要等到白露），但是也能看出秋的端倪。清明秋光，就在不远处。

　　山下坐着老妇人，卖新摘的莲蓬。不知道老太太是怎么捞莲蓬的，可能是用小船和莲勾。采菱盆我倒知道，江浙多水，近湖山处，到了夏末，会有农妇摇着像盆一样的采菱船去采菱角，这些是姑嫂相伴的女人活计，也能赚个零花钱。卖莲蓬的老妇人坐在树下，讨个阴凉，落雨了，就躲进近处的城门下，也方便。一把莲蓬，刚摘的三个，老的四个，都是十块钱，比网上贵一些，但胜在新鲜方便，更有眼见可触的季节感。

　　我和皮皮选了一把，一边沿着缓坡慢慢上山，一边找座位，想坐下来剥着吃。最后，是坐在山顶，在旖旎弯向远处的城墙边——我城的城墙和北方不同，是依水而建的，带着水的形状和韵味，这种水的韵味最浓的，就是挹江门—仪凤门—阅江楼这一带的城墙。它们沿着长江和护城河一路蜿蜒流来，生动柔媚，如同战后德国兴起的水槽—料理台—灶台一字型整体橱柜。这条线上的城墙，将"登山、观江景、饭后散步"这些审美、实用功能一体化处理了。

　　我们吹着来自山下小桃园的湖风，远眺夏天成堆的云山，惬意地剥着莲子吃——莲子没什么浓味，只一股淡淡的水汽，恰好配着这山水和云。要说它没什么味道吧，其实也有，就是夏末秋初的秋光的味道，清且远。

我们发现了一棵大树，看垂落的叶子，是篦齿一样清丽的对生羽状叶，似是杉树，但腰身极壮大，我就不敢确认。再一看还挂着名牌，上有古树编号，原来是墨西哥落羽杉，比本地常见水杉粗壮许多。我无端地开心起来——杉树秋冬凌霜，会变火烧云色或锈色，最能凝结时间感，我又多了一个树友，以后可以在换季时来看看它。

耳边有清晰的乐声——城门上，常有人吹奏乐器。绣球公园上方的城墙处原有个吹箫的，箫声是散步时的背景乐，后来城墙被开发成景观，登临观景的市民多了，那人、那箫、那乐声，遂成"广陵散"。眼前这小公园里，却有人在树林深处拉二胡。那二胡声，源源不断地从头顶密林深处传来，一曲终，沉吟片刻，又起。也可能并没有固定曲目，全凭心性所向，就像午睡起来看书，"风吹哪页读哪页"，他当然也没有想到下面有两个人静静地听。

除了景色和实物，声音其实是生活的重要物质存在，只不过是无形的。有本书叫《一岁货声》，是一个晚清文化人记录了旧时北京的小贩吆喝。彼时北京尚无密集高楼，全是胡同，购物不便，全靠小贩沿街叫卖。每行的小贩，都有自己专用的行业卖货术语，比如：磨菜刀的是拍铁片"串头"（一个世纪后，在我们这里变成了"磨剪子嘞抢菜刀"，请发江淮官话口音），粘扇子换扇面的是随身木箱上缀着铜铃作响，卖杂物小玩意儿的是敲铜锣，卖冰的是两个铁碗叫"冰盏"。还有些是直白报君知的食物简介，外加热情的渲染，比如螃蟹通常都是"大！螃蟹！"。还有的简直是口语文学，比如"烤白薯，又甜又粉，栗子味"。有的相当有韵律动感，比如"赛梨了咧辣了换"，这是卖水萝卜，通常是晚间来，微醺初醒，一声长唤，颇为诱人。

吆喝四季不歇。夏天日长永昼，午睡刚醒，新下的当季玉米被小贩煮熟了卖："五月鲜儿来！活秧儿嫩的来！"还有卖西瓜的："开块尝啊！"除了应季瓜果，且有江南"小楼一夜听春雨，深巷明朝卖杏花"的北方版本："嗳……十朵，花啊晚香啊……晚香的玉来，一个大钱十五朵！"这是卖晚香玉的。冬天，有卖羊头肉的，这个我在几个人回忆北平的书里读到过，比如梁实秋和唐鲁孙，梁特别怀恋冬夜小巷深处的卖羊头肉的吆喝，屡屡怀想不置。抗战胜利回乡后，隆冬酷寒，把小贩喊进门洞，看他在一盏小小挂灯下，刀锋凛冽地片羊头肉，带着冰碴的肉片端进余温尚在的被窝，慢慢享用，想来实乃冬日快事。

这些吆喝就是时代的注脚，人未至，声先到。即使不出门，顾客也很清楚是不是自己所需之物，是声音，倒不如说是人的存在，让木然无味的生活变得五味俱全，驱走寂寞。顿时，那种夏日风物特有的鲜嫩感、季候感，过日子的兴头，风土民生，不再是尘封与馆藏楼的泛黄书页，它们七手八脚地全涌上来，和你搂肩搭腰、嬉笑怒骂，旧日子瞬间复活了。所谓"辨乡味，识勤苦，知风土，存节令"，声音，原来是保存生活氛围的器具。将来的人将如何复盘我们的时代？快递急急的拍门声、小朋友噼啪甩地的跳绳声（体育考试考核项目）、由生涩而熟练偶尔不耐烦的练琴声（个个都报了几个兴趣班呢）。

其实读书的时候，涉及语言这块儿，不仅是外语能力，还有很多时候是方言能力，因为有相当一部分作家的作品，就算印在纸上，其实也是有口音的，比如蔡皋，就得去喜马拉雅找湖南话版本。另外，有些作家是京腔，有些是川味，还有些是软糯的苏南普通话。读书时，即使心里默读，碰到 A 作家，也得把北方那个鼻音踩重一点，不然那铿铿韵味和天地清朗的精神气儿都出不来；又遇到 B 作者，就得读得软一点，否则就是让淅淅沥沥的小楼春雨变成横眉怒目的瓢泼暴雨。还有些会让我茫然，就是有些迁徙流离的作者，会多方言夹杂——我常常遗憾有些书没有配音频，普通话读不出效果。

丰子恺有次夜宿小镇，听到"栎、栎、栎"和"的、的、的"的敲击声，都是叫卖食物的梆子声。前者敲击的是大竹筒，后者是小竹片；前者是卖馄饨，后者是卖小圆子；前一种是低音、低沉、混沌、大而模糊，后一种是高音，小而急，清晰而圆滑——正好对应它们叫卖的食物，馄饨和圆子的口味与形状。这种联想，让我觉得饶有趣味。这位拉二胡的，是怎样的样貌、身材呢？二胡不像阮那样长于抒情，也不像琵琶弹拨动作多，表情丰富。二胡本身是苍凉清瘦的，我想那个人是个中老年男性，穿半旧衣服，一个人自娱于此。皮皮猜也是。

我自己在天马行空地乱想，皮皮可能也是。我们有时聊天，有时沉默……日子就这么悠悠地在指间、耳边流过。我们又在城墙上溜逛了很远，没想到它这么长，走也走不完，越向远处，越少人工味道：没有人工养护的植物，没有油漆未干的新造亭台——在洛阳时，晚上灯火通明、人流如潮的城墙让我如临景点（本来就是），但是第二天起了个大早，看见素颜的城墙边，本地人惺忪睡眼，拎着豆浆油条，穿过城门，遛弯打拳，顿感亲切。这就是历史在现世中的水润生动，这活水源头，是生活着的人。

雨下起来了，不大，我们也不慌张，继续前行。路上有一些不高的野花：一年蓬、草茉莉和紫薇，白色的、红色的、紫色的，这个季节正是它们唱主角的时候，还有落地的构果，被虫子叮咬着。它们共同经营出闲逸的野趣。古城墙边总是有古树，深处栖息着大鸟，鸟也在雨声中不慌不忙地按之前的节奏叫着。当然这一切都没什么可称奇的，可是我想，将来的某一刻我会想起它，这时间的纵深里，最不起眼又壮观的一粒金沙。

"小雨来得正是时候"，不知为什么，心里哼唱起这首歌。

※

黎明的花朵

*

在朔风割面的北地城郊，绚烂绽放的夏加尔，

让人睁着眼睛在做梦。

再平常不过的一个冬日早晨，快六点时，我迷糊着醒过来，伸手到被子外面，摸到遥控器，把空调打开。虽然只是一只手的接触面，但冰冷的空气已足以让人醒转。我起床、洗漱，打开台灯和伴读音乐，惯性的动作如同音节，让一切滑入熟悉的秩序，开始工作。

一日之始。

偶尔，这些醒来会在异样的情境之中——某日，我看到朋友贴出几张夏加尔画展的照片，我立即决定去廊坊看展。订票、收拾简

单的随身行李、出发。在卧铺的顶灯下，拥被看书到熄灯，上铺起身不方便，懒得起来把书放进行李袋，就这么抓着书囫囵睡去了。狭小的上铺空间里，一夜都感觉书的棱角在顶着我的小腹。

在夜车中醒来，晨光熹微，慢慢照亮了远景，窗外已经是北方的天空。远离城市的乡野，收割想已完毕，一茬茬草梗上方，是白茫茫的霜迹，浮着粉紫色的晨曦。醒来的人们，打着哈欠，蓬着散发，带着全无化妆粉饰和防备的睡容，在滴答不止的破旧热水机前排队打水。火车上的早晨，没有穿着通勤装、拥簇刷卡进地铁的上班族，也没有起来遛弯、顺便给家人拎回油条的老人，这分分钟钟都在铁轨上移动的早晨，却因为空间的禁锢，人们像没有搅棒的咖啡一样，动作近乎凝滞。我用随身带的翡绿小水杯冲好咖啡回来，车已近城市，有零星散落的高楼陆续进入视野。

展厅在廊坊的郊区，一个清冷之地，车开了很久才到。北方的冬日，肃穆酷寒，没有太阳的时刻，人会冻得手脚发木。这是夏加尔第一次在中国展出，《婚礼》《我的村庄》没来，不过"恋人与花束"系列来了好几幅，实物画有的甚至高达一米，再加上底座，里面飘浮在巴黎红色天空中的恋人、俄罗斯村庄里的蓝牛，就与我的视线平齐了。

我站在画前，像是直接走进了由大片的夏加尔蓝、飞马、梦鱼构筑的梦田。物体应有的大小、远近、重力感、构图的逻辑性，全部拱手相让于爱的狂想曲——夏加尔是不讲理的，他要那些花束大得像丛林，它们就任性地长出无穷大，庇护着花树下闭目沉醉的恋人。那爱的熏风，以及拥抱中的官能的温度，也吹暖了树下的我。

在朔风割面的北地城郊，绚烂绽放的夏加尔，让人睁着眼睛在做梦啊——我喜欢的画家近年都来中国了，高冷绝尘、体积感坚实的莫兰迪和可温软可枯寒的常玉，都是夏天开展，夏加尔倒是在冬天来了，前两个送来盛夏清凉意，这个在冬日吹来法兰西热风。

沿着布展线路慢慢踱步过去，我租了讲解机，它在我耳边温言解读着每一张画。我是今天签到的第一人，馆里唯二观众之一，不知是因为馆太空旷，观者寥寥，还是为了保持湿度以免伤害画作，展厅没有开暖气，但是那些自成小宇宙的画作，它们沸腾的色彩如夏日绮云般的流丽，那些云中相拥的脸、紧握的手，手中握着的五彩玫瑰，它们让我渐渐暖和起来，思路也开始化冰涌动，沸腾出小小的疑问……

这些年，我看过好几版夏加尔传记、自传和他传，大多数是编译，通常是直奔他的创作生涯和个人经历。但人事的鲜活，是被具体的情境所支撑的，我找不到那些更血肉化的资料——比如，夏加尔出生于白俄罗斯的维捷布斯克，一个犹太人聚居的小镇，关于十九世纪末俄国犹太人的生存情况，俄国史里提及不多。还有，他一九一〇年到巴黎之后，风格开始巨变。二十世纪二十年代，因为政局变化，有相当一部分俄国侨民旅居欧洲，他们的文化圈什么样？这方面，我能找到一些材料（可以蹭纳博科夫的欧洲时代，还有蒲宁、阿赫玛托娃、茨维塔耶娃、内米洛夫斯基的传记资料），但我仍然觉得粗糙。还有他在返俄时，和马列维奇有过一段交集，并产生艺术见解之分歧……我开始后悔平时的松懈，马列维奇的《非具象世界》我不该只是草草阅读。对了，还有部纪录片是拍夏加尔和马列维奇的，回家后记得找出来看看。

观展线路的末梢，是三个小小的放映厅，二三十平方米的空间，黑漆漆的，一面墙上是全屏放映的夏加尔资料片。他大笑着站在我面前，在他的画室里，手里还捧着调色板，身边是每日采摘来供他作画的法国鲜花束，它们走进他的画里，又在几十年后，步入我的眼帘。还有他最爱看的马戏，那些身材窈窕、动作伶俐的演员在我的头顶倒立、翻跟头，就像夏加尔画展里，那些凌空飞翔于粉色云端的蓝鳞飞鱼。

某些早晨，我会起兴，自制小小诗意剧场——我在书桌前拉了根细草绳，夹上我喜欢的小画，来一场即兴的小画展。最近几天挂的就是夏加尔的"恋人与花束"系列，在离展厅千里之外，我给自己开展……天渐渐亮了，天色从昏昧一点点步入黎明，画面的颜色也被燃亮。我停止敲键盘，站起来端详我的小画展，鼻端的咖啡散发出饱满强劲的莓果香气。掌心那一小团温度，将伴我杀入一日的冬寒。

※

婴儿看着水仙花

*

能与以上的一切忧虑对抗的，

大概是某种鲜活的生命感吧。

祝老师：

我前些日子在看《坡道上的家》，比起文字，那直面困境的对白倒更有价值。多少人是顺势做了母亲呢？应该是多于主动选择的。相当一部分的女性，根本没把生孩子当成可选择的事情，等孩子来了，绝境之中的自己，像没学会游泳就掉进水里的溺水者。呼救有用吗？倾诉有用吗？没有，都是一个人咬牙挨过那无助的黑暗。

除了做母亲本身的辛苦，自我与他者的分裂才是更可怕的吧——

做母亲的这些年，一直觉得真实的自我被封闭在一个不远却难以触及之处，不敢也不能打开，像飞行中塞进高处的行李箱。我想取下我自己，带着这行李冲出旅程，但那是不可能的。并且我得克制这情绪，不能让孩子察觉我的倦意。敏感又懂事的孩子会觉得我其实疲于母职，而这，绝不是她的错，在她还是个小婴儿的时候，夜里醒了都不怎么哭闹，再没有比她更乖的小朋友了。

对于从事创作类工作、以高度自我为工作马达的人来说，分裂可能更严重吧。在孩子小的时候，一手端着她的尿盆，一手端书或和他人打字聊文学，这种两难兼顾的窘境在记忆中依稀远去，而新的分裂不断发生，就在眼前的例子，现在窗外正在下大雨，我的文青自我立刻回忆起小时候背熟的李清照，夹在书里发黄的栀子花瓣，而母亲自我马上想到接送孩子时穿雨衣、带雨具的麻烦。接下来的一天里，即使有了书本和写作的快乐，我的脚也和孩子的脚一样，穿在闷湿的雨鞋里百般难受……给她打伞，穿鞋套，但这对暴雨是没用的。她的脚估计一天都是不那么干爽的，这个时时折磨着我。有了孩子，所有生命的负重都翻倍了，抱着的婴儿终归会长大走路，而心里的孩子是永远都放不下的。

最可怕的是，有了孩子，你就和社会最黑暗的一面牵连上了，无法靠书本屏蔽。往昔我无论多么倦于世事，只要一打开书本，立刻会平静快乐，而这个精神乐园，在孩子面前是没有用的。有了孩子，你就得化身为坚强的羽翼，要会和老师套近乎、受欺负时要会争辩、和其他家长交流或对抗……基本上社会生活中让我最头疼的那些，都逼过来了，无法逃避，为了我的孩子。我没法拿了稿酬去大理写书，春游看花，夜夜笙歌，不醉不归，带着黑啤酒的酒气纵情写稿。我得泼皮、得油滑、得讨好，只为了我的孩子安全和快乐，不受虐待。我被剪掉了翅膀，只能伏地而行，有时简直是被焊牢在轰隆隆的社会机器上。

以前也说过：我作为母亲和写作者，是有内心冲突的。母亲这个身份的工具性，就是它是另外一个人的成长平台。身为母亲，我必须整理过滤，和主流社会秩序良性对接，把健康平稳的一面给孩子做安心的基石；而我个人，写作者必备的人格锐角、边缘化及微量毒素，一直是在被压制的状态。但实际上，过于和谐无扰、一味求安的内心，是会走向沉滞的。所以，这些年来，我总是不断地把自己从单一角色上拉开，让自己流水不腐，这样走平衡木久了，人也很累。

孩子给我带来深深的幸福感，丰富了我的生命层次。我对养育孩子这件事有抵触，更是因为对方所承受的生命自来的痛苦，而我未经同意把一个人带到这世界，这个责任太沉重了。每一步我都担心，怕没有尽到全力，而教育体制、生存大环境，都是我无法选择的。有时候我觉得自己像个糟糕景点的难堪导游。这种内疚也折磨着我。

那么，能与以上的一切忧虑对抗的，是什么呢？大概是某种鲜活的生命感吧。

小兔，你肯定见过几个月大的小婴儿，作为母亲，我们观察的距离更近、成像也更细腻。几个月大的婴儿，五官已经长开了，身体也非常饱满，给她洗澡时，你会忍不住想捏一捏那个藕段子一样的小胳膊、小腿，忍不住想亲亲这个散发着乳香的小宝宝。对她说话时，忍不住想用重复词"吃饭饭、睡觉觉、小手手……"，哪怕是最严肃的人，也忍不住想做一些滑稽的动作逗笑她，因为那"咯咯咯"的笑声太好听了……太多的"忍不住"了。没做母亲之前，我不知道婴儿那小小的身体居然如此沉实，在我的臂弯里有沉甸甸的坠重，那是生命的分量。这生命，由我带来这世间，她让我和抽象的"生命"这个词产生了关联。我想，就是这种被鲜活阐释的生命感让我产生无法抗拒的、对做母亲的向往。

这几天我看书，看到一句俳句："婴儿睁眼看水仙。"我一下愣住了，这是我看见过的最洁净的意象和诗句。水仙是初开的，金盏银台；婴儿是初生的，小婴儿的眼神，像暴雨之后的碧蓝天空，无比清澈，是世界上至为洁净之物。她定定地看着你，毫无戒备，眼神中无善无恶，只有交托和依赖。这世间，成年人都穿着厚厚的盔甲，只有婴儿不怕暴露弱处。这洁净来自优美的意象，更是干净的信任和初生世间的生机。婴儿，水仙花，它们放在一起，婴儿看着水仙花……我突然扭过头去，觉得都接不住这话了。

让我们珍惜这些瞬间吧，那是生命珍贵的礼物。

匆匆走笔至此，顺祝夏安。

黎戈

※

（这是祝老师邀请我写的一封信，谈一个自己感兴趣的话题，我顺便贴在这里。）

心的事情

*

一个人，关起门来，

心，常常就来敲门了。

我读过一本书，作者丧偶若干年，她不再直接写缅怀文。也许为了避让疼痛，她小心地回避着某些明示死亡的字眼，在生活中也拒绝谈论，她不想把爱人的死降为一个日常性的事情。但是，她关注各种死亡的话题，解读那些悼念亡人的小说，思考墓地和死后，字里行间，全是死亡在拍翅盘旋。

她的心，是密闭的水泥房间。结实的沉默，是这心屋硬冷的厚壁。反复咀嚼的思辨，是它高远的哲学屋顶。她在纸上奋笔疾书，这心关着门——她的表述完全是向内的自语，是一个捶着心墙的拳头，那伤和痛，都是她的手与心。隔墙闻声痛心的我，甚至无法去评论这书，因为这悲伤，不是为了让人关注和安慰。它不是网络论坛上一个敞开的话题，也不是综艺节目，明星对台下喊话，请嘉宾同台演出。这悲恸，已经完成了它自己，它不邀请人与之对话，也不愿被围观。

她一直写……密闭的哀恸生育出美丽的言辞，一旦被文字分娩出，这哀恸就抵岸了。独处是对悲伤最深的慰藉。表达是一种自我救赎。而作为读者，也只能在家人散去、关上门的小房间里，旋亮一盏小灯，像雨滴渗入泥土一样，去吸纳这些文字。时间和空间，从来就不是匀质的切割，我追随着那些放慢脚步的文字，像步入地下一样，从现实时空进入了作者丧偶之后的时间质地之中。死亡，被倾诉和接收了，我以不在场的形式陪伴她。

生命中那些必须关门的时刻啊。

每天早起工作，看看窗外，太阳正在跃过山头，这一刻，我总是像打开一本书一样，对生活充满了期待。收工时，看朋友圈，跑步的已经打卡，画画的赶在下班前上色，写字的刚贴出来给大家评点，这种积极勃发的精神质地，正是我的朋友们具有的啊。大家都专注做事，并没有刻意互动，按自己的路线前行，然后一抬头，那个朋友也在不远处——我一直觉得，所谓知心，并不是时时以语言或动作同步，像装饰图案那样机械的对称，而是以生动却无意的存在去呼应彼此。一旦某人和我们建立情感关系，就意味着某种内化的陪伴。

谷川俊太郎写过一首诗：

这份孤独
不想被任何人打扰
午后，独自在森林中我这么想
想起了几张
支撑这一时刻的面孔
现在不愿他们在这儿
但愿他们一直在那儿
只要在那儿就行
我想要相信他们会在那儿

我渴望你们的存在，但是，是"在那儿"，不是"在这儿"。"原来你也在这里"，其实是"原来你还在那儿"。

生命中那些必须关门的时刻啊。

我最爱的人之一，我妈妈，是一个非常擅长"关门"的人。她对

生命中那些必须关门的时刻啊。

我的爱，时常以这个动作承载。那几年我和她住在一起，我住的房间是过去我未出嫁时一直住的那间。老房子，破旧不堪，也没装修过。那个房间因为好几年没人住，坏掉的门锁都没人修，只用一个布片塞住门算关上。那几年孩子小，时不时冲进房间，打断我的工作思绪；我爸耳背，电视声音开得巨大，我被干扰得身心俱疲、烦躁不堪，整个人无法集中注意力，生命都像被撕成了碎片。每到这个时刻，我妈就会不发一言地把孩子带走，帮我关好门，默默地做完家务，让我专心做事，即使没有一句问答，她也知道我最需要什么。

一个人，关起门来去写。写作要动用什么呢？

眼，作者必须勤练眼力，观察生活，探究细节。话说我正想去买个望远镜，这样我就会看见树木和鸟们的细微表情变化、生命的生动流转，那一定很能提升我的视野，获取更多的生命讯息。望远镜是个隐喻，可以理解为长于观察的好眼力。手，大量的练笔，使抓词更加敏捷和准确，让每个灵感的拍翅，最终能栖居在尺寸契合的词语之窝巢。脑，看哲学书，加强逻辑训练，练就遒劲的思考力，给文章一个坚实的哲理脚手架，让文章的承重力加大，负载更多的思考，更深刻。也许，还有勇气，写作是一腔孤勇的探险，每个作者都必须独自面对表达的尽头，不停地厉声呵斥自己："不许软弱！"用词语凿开冰川绝壁，再向前一步，哪怕一步。

但是，最最重要的，仍然是"心"。一篇文章是流于技术，还是富有灵魂感，也就是动人，就是看它有没有心。眼、手、脑都可以天天练习，但心，必须等待它无意地降临。好文章，是件无法期待的事情，就是因为这个原因。心，与其说是由我操控，莫若说我是在它的宇宙里被抛来抛去，往返于瞬间变幻的悲喜之中。说起来，我是它手心里的骰子才对。而写作之所以迷人，也恰恰是因为权利被拱手相让给更高的、无法捉摸的宇宙意志。

一个人，关起门来，心，常常就来敲门了——心，并非来自水平方向的远方，而是来自垂直方向的深处。这是一个横向无限扩张的时代，航空器、信息媒介的发展，让我们自由纵横于名川大山、穿越国界，与相隔千里的友人联系也只要轻轻点击手机即可。与之相比，垂直方向却在退步，无论是对人事的深入理解、对情感深度的挖掘和坚持，都在减退。

关起门，让身心沉入深处，心，从众声喧哗之中走向浅滩，被往事翻起的淤泥缠足，心潮浑浊，再慢慢步入深海，一轮新月照亮了海面，鸥鸟在振翅，泥浆渐渐沉淀，心开始澄明起来……这时，好的眼力，看见了心；敏捷的手，挽留住心；缜密的脑，给心铺出大路；而勇气，照亮了心路的路标。最后，语言追上了心，将心一一道出。

生命中那些必须关门的时刻啊。

　　小时候，我没写完的日记，我妈看见了，就直接合上，帮我收好，不会看一句。这也是一种"关门"。这个关门的动作里，包含着信任、尊重与自由，而这些，都是"爱"最重要的构成因素——这个家风一直流传至今。我们家常常是三个人各自关起门，都不知对方在干吗，也懒得管。有次，听闻一个小孩的房间被父母装了监控仪，二十四小时处于监视之中，我女儿露出惊恐的神色。这个还是家吗？这是监狱吧，一个无法关起心门自由独处的地方。

　　有一种对重犯的惩戒，就是让他住二十四小时被监控的房间里，完全剥夺他的隐私空间。陀思妥耶夫斯基在《死屋手记》，也就是他的西伯利亚苦役犯小说里写，服苦役的人，必须要忍受一种巨大而无形的痛苦，这种痛苦比其他的诸如强制劳动、恶劣的饮食起居更加可怕，那就是"被迫过集体生活"。这几个字下面，打了加重符号，可见老陀对此深恶痛绝。一个人像玻璃缸里的金鱼一样，被抛掷在众目睽睽之下，完全没有一点私人空间，那种裸露真是可怕。

　　生命中那些必须关门的时刻啊。

你一定要幸福

*

我活着，你是你自己，不是我的附属品。

我死了，你还是你自己，不是英雄的遗孀。

我在纪录片里，看到一个飞行员和他年轻妻子的爱情故事，很受震动，跑去查资料。

这是一个飞行奇才，小康之家的孩子，从被占的东北千里来到江南，放弃了自己的土木科专业，投笔从戎，成为中国第一代空军。在火车上，他邂逅了一个娟秀的姑娘，于是展开热烈的追求，开着飞机日日盘旋在姑娘的家上空。一年多以后，当他毕业成为飞行官时，姑娘终于接受了他。两个人举行了盛大的婚礼之后，搬往军官的驻地。这个东北男人的两大特点为人津津乐道：一、飞行技术特好；二、他是个宠妻狂魔，极其疼爱妻子。

两年的恩爱之后，战争爆发。飞行员像他心心念念的一样，"我要为祖国争口气，决不放过一架敌机"，他作战非常英勇，日军派了战斗机来空袭，他一个人上天迎战，以一敌众，两架飞机在空中缠斗，生死悬于一线。拒绝进入防空洞避险的妻子，在阳台上眼睁睁地看着丈夫的飞机和敌人打斗。胜利引发了远处群众的欢呼，而妻子已经瘫在阳台上了。第二天，丈夫回家，笑着对妻子说："你都听说了？"妻子说："不，我都看见了，你在天上拼命，我却躲在防空洞，那是生命最大的讥讽，我做不到。"

这时战事吃紧，前方请求增援，年轻的飞行员被指派到山西。他像往常执行任务之前一样，深深地望了妻子一眼，就整装出发了。午夜，妻子在梦中看见他回来，然后醒转，后来才知道，她梦见他的那一刻，正是他牺牲的钟点。

听闻噩耗，妻子痛不欲生，吞了东西自杀，又被救活。这时，前来帮助处理丧事的小姨从老家带来了几封迟到的家书，那是飞行员在两个月前写的。烽火连天的战时，邮路不畅，并未及时抵达，而信到时，妻子已经在南京了。小姨这次来，就携带这三封迟到的家书。

在信里，飞行员对妻子说："结婚两年来，你爱我，处处原谅我，我很感激。如果有一天我杀身成仁，那是尽了我的天职。你要用你聪明的脑子，去改造环境，创造新的生命。我只希望你记着，在你的人生旅途中，有过我这么一个人，我是永远爱你的。"

他让我觉得特别厉害的，就是在二十世纪三十年代那样保守的环境中，就像他出色的飞行技术一样，他已经掌握了优质的爱女人的方法。他总是鼓励她去接触外部世界，打球、游泳，从不把她关在家里。他和她并肩谈论国家大事，有一次妻子说："如果国家需要我，我也会出征的。"他说："那我们就并肩作战吧！"他从未把她当成自己的附属品，而是尊重她的独立意志。

在死亡逼近时，他投下最后一颗照明弹，帮助战友安全降落，把危险留给了自己，以至在夜晚的昏暗光线之中撞楼身亡。而对妻子，他也是处处考虑。在惨烈的战事间隙，抓紧时间写下这几行字，交代自己的身后事，鼓励妻子重建生活，千万不要为他守节或殉情。

他对她的爱是：我活着，你是你自己，不是我的附属品。我死了，你还是你自己，不是英雄的遗孀。

被救活的妻子读了这封信，给亡夫烧了一张自己的照片，在照片背后她写道："我以后不会再轻生，也不会再偷生，我要为你做一番事业，让你的荣光永在。你只是躯壳消失了，但你的精神与我同在。我们行迹不一而精神不解。话总会说完，而我们的感情是无尽的。"

对比夫妻二人的信件，一个热烈、直白、喷薄而不羁，激情澎湃，感叹号很多；一个理性、自制、端庄而暗涌，基本都是逗号句号，逻辑缜密的陈述句，没有一丝语义重叠——妻子的文风和性格，是我喜欢的。在我的经验中，持这种文字风格的人，一般都不是轻佻和冲动的类型，感情的燃点较高，很难进入一段关系，但一旦投入，就会郑重而深远。

之后她又重执教鞭，以亡夫的名字创办了一座收留空军遗孤的小学，教育了很多空军子弟，并重新结婚，生儿育女，演习书画，在九十一岁的高龄时死去，儿孙满堂。她不愧是他的爱人知己，理解并执行了他的遗愿，重建了自己的生活，没有苟度日月，终日以泪洗面，在悲苦的记忆之中惨淡度日，也没有像她的一个伯母，在麻将桌上度过了守寡的余生，活活成了个活死人。

他要她幸福，她努力要幸福。而幸福，是对爱情最好的回报。

我并不喜欢那种悲情的殉情故事，在《泰坦尼克号》这部俗气的商业电影中，有一个桥段我倒觉得好。就是电影的尾声，露丝获救之后，做了她向往的演员，穿着裤装、骑着马，结婚生子，成了一个幸福的老太太。

爱情的死亡，林林总总：有所爱之人死掉的肉体死亡；还有一种，他的躯壳还在，而精神已经萎靡，俨然不是之前那个人了，让我活脱脱成了精神上的未亡人，守着痛苦的残局；还有一种是，你还是你，我还是我，但我们的感情早就死掉。

而感情的奇妙之处，又在于可以让生者死，又可以让死者生。凋落之后，再新生，化作春泥更护花。经历痛苦的死亡之后，又获取了重生的力量。因为我曾经得到过命运珍贵的礼物，所以愈发要自珍，不自弃。再也无法颓唐地混过每一天，再也无法屈身于一段低质的关系，再也不能。

在几近八十岁的高龄上，老太太写下了亡夫的回忆录。我有点忐忑，我很害怕看到以下的情况：一、老太太在亡夫死去后又独活了六七十年，历经风雨，心路坎坷，到了晚年，以一种世故奶奶对幼稚孙子的疼爱，对待当年激情喷薄的丈夫，怜惜他的热血和生命。二、我周围七八十岁的老太太，几乎都只关心孙子和理财，外加保健品。而这个老太太，也被年月磨损了激情，当年的细节俱已模糊，沉入时光深处无法打捞。三、后悔不迭，还是参考虑长远，当年劝自己多考虑危险性，我怎么会嫁了这种高危职业的人，二十出头就要守寡，最美好的年华都虚度了。

可是再看她给亡夫写的传记，让人流泪。事隔五十多年，他仍然是她心目中的英雄。每个细节都历历在目，包括他牺牲那天，天气晴朗，她看着院子里飞过一只小鸟，想这样的天气，丈夫会不会去执行任务。

她倒是有后悔的事。丈夫是北方人，她居然天天在家做米饭，不是丈夫的同乡来说穿，她从未意识到这点。因为丈夫疼爱她，从来不说这个。她还后悔，丈夫追求她时，她不该守着旧礼教，冷落回避他，让他受了一年多的煎熬。怎料他的生命如此短暂，如昙花一现。

优质的感情，往往有以下特点：第一，无悔。第二，深远的营养性。这种感情，对人生的后坐力很大。第三，愿意回忆每一个细节，不耻于面对它，并且记忆具有优选性，只想记得你的好——同读这夫妻二人的信，很有意思，他们都不介怀对方的错，而是心怀愧疚。丈夫觉得自己的职业性质连累妻子心焦受苦，妻子是后悔自己的小姐脾气伤害了丈夫。

这两个人的爱，都突破了"小我"。这几封情书，让我看一次哭一次。那么年轻鲜活的生命，那么纯粹美好的爱情，你这个二十出头的孩子，毫不犹豫地舍弃了——你舍弃了自己的未来，只为了给你爱的人一个未来，这个爱人里，包括妻子，更包括万民。我们这些活在和平年代的碌碌之人，欠着你的恩情，唯有像你的妻子一样，在人生的旅途上奋斗不息，努力去幸福。这是唯一的回报方式。

※

暗香

*

它不过是在帘子上掠过的一枝花影、

思乡无眠夜里的一缕淡香，以及遥想中的靡靡凋落。

今年的天气颇为反常，在漫长的夏热和骤来的凛冬之间，秋天一跃而过。期待中随秋天而来的幸福感，顺势跃窗而逃。饶是素来不爱打扮的本人，像摩登女一样一日一换，也没把新衣服都穿遍。

惨遭连累的，还有桂花。从九月开始，鼻子就开始等着，但迟迟没闻到木樨幽香。到了十月，寒潮几缕，桂花总算小规模开了，香气还没来得及漾开，就被紧跟上来的强冷空气逼退。桂花本来花期就短促，最初，含苞如金粟，细密黏枝，开始隐隐放香。隔日，是微绽如花钿，眉目清秀的小花簇生于叶腋，清香不绝，强劲地发送着秋的消息，再过几天就寂寂萎谢了。

平心而论，桂花生得不美，这点它不如同样以香为魂的梅花。梅花本身有观赏性，除了香气清绝，花形也清丽脱俗，花枝又遒劲入画，除了鼻嗅，还能眼观。桂花叶子一副粗笨相，又是灌木，树枝也矮小平淡，颜值巅峰时，也就是小家碧玉的秀气："绿玉枝头一粟黄。"

这样的配置，自然不能像大多数春花，比如牡丹和芍药那样，以带点兵气的华丽、侵略性的美，迅疾攫住观者的心——每年春来我都订牡丹，有牡丹在案的夜晚，窗纱里漏下月光，映着绢质花瓣的霞帔雪肤，花明月黯，美不可言，连夜里上厕所路过花瓶，我都要瞄上几眼。那种几乎要掐秒计算的盛大美丽，让我焦虑。美的流逝，是手心滑下的流沙，那么具体。

而桂花之美，却在于"暗香"。

回想一下今年与桂花的几次相遇。国庆节，因疫情不敢远游，和皮皮去体育公园，我们都不喜欢商场，更乐于在山水间闲逛。吃完烤肉出来，大约傍晚六点，秋分已过，天黑得很早，西风凄紧，我们裹紧单衣。微暝夜色中，只见苍绿山廓微微起伏，空中有发光风筝，在暗蓝的夜中闪出一串小省略号。高高低低的山坡上，有人搭起帐篷，点了蜡烛在吃晚餐，烛影摇红，山顶随风飘来悠悠的萨克斯风。我和皮皮穿过百日菊花<u>丛</u>、乱子草<u>丛</u>，突然有淡淡甜香，隐约如耳语，似有似无，我对皮皮说："是……桂花？"待确定了，苍茫夜色中，哪里能寻它呢？

另外一次，我们去附近的公园爬山，照例找猫玩——很多公园都有长年盘踞的野猫家族，常去也能混个脸熟。古林公园有鸡蛋一家，里面有几只颇为亲人，有只温柔软糯的小橘白，浑身上下都是浑然匀质的浅黄色，我们叫它"蒸鸡蛋"；另外还有只更小一号的橘白，也眉目楚楚，总是泰然地立在人前，和我们互相打量，我们叫它"小蛋饺"；另外还有毛色更深的大猫"鸡蛋糕"，不过它总隐于树<u>丛</u>深处。那天在古林公园，我们正好遇到了"蒸鸡蛋"，就和它闲聊："咪咪，你在干吗？吃过了吗？""喵喵喵喵喵。""晒太阳呢？天冷了是吧？""喵。"

突然，若有若无地，我们闻见几缕桂花甜香。我和皮皮用鼻子四处嗅，搜寻气味的线索，走过了残叶枯柯的荷池，在树篱里鸡蛋家族的跃动声中，一路追踪到盆景园。园子门口的木架上，有一挂硕大的紫藤，混着木香，在初春花开时，黄紫相间，一架流金间紫玉，蔚为壮观。我每年都要来探花，顺便看看摘一朵要罚四百块的硕大牡丹。但秋日是盆景园的冷落时节：牡丹全谢，紫藤无踪，一个人都没有，四下静极。找来找去，这香气原来发自园子深处一棵巨大的丹桂。这棵树腰身粗壮，满树累累红金，甜香丝缕不绝，淡贮幽栖，我深深叹服它的"君子藏器"。

因为缺少华美之姿，拿桂花做花材的插花作品也很难实操。我见过一个"月中仙"，插得倒有巧心——秋分前后的插花作品，通常是写实造景，比如以红白花为主角，凸显"红蓼稀，萍花白""八月寒苇花，秋江浪头白"的萧瑟之意。或是用成熟稻穗及红果，来表现秋收丰登之喜悦，又或是选用菊花、木芙蓉之类拒霜耐寒的秋花，暗喻人的不屈气节。而那幅用桂花为主角的插花作品，是以中秋为主题的心象花。把一枝桂花拗断，插在挖空的柚子皮里。桂花本不美艳，柚子皮又是吃剩的弃物，但是以柚子皮象征圆月，桂花喻中秋，确实是低成本的巧思。在中国文化里，桂花自古就和月宫这个意象相联系，月中有桂，而嫦娥居住其中，又比如中国版"西西弗斯"，也就是吴刚砍不完的桂花树，这是利用桂花完成了对节日的文化追溯。而从美学角度来说，圆器盛长枝，柚子浑圆成片的黄和桂花点点金的碎黄，交相呼应，暗香缕缕，有视觉平衡感，也有嗅觉满足。

当然，真要细细计较起来，我们也不是没有偶遇过桂花。同为暗香系，梅花入诗入画（梅花是宋代诗词里出现频率最高的植物意象），桂花则入世入馔。夏天吃藕粉，觉得乏味，顺便拌些糖桂花。秋天来了，总要去灵谷寺里赏银杏，顺便吃碗桂花小元宵，买桂花糯米藕当餐前菜。还有，每年秋天都会给皮皮买几次枫泾镇桂花芡实糕当夜读点心。在街边歇脚时喝桂花乌龙奶茶。在江南的秋日深处，要采桂花，更准确地说是"打桂花"——拿长竹竿一枝，敲打树干，下铺宽布承接，细碎的花如细雨落下，所谓"桂花雨"。春节放假，难得家人团聚闲坐，油煎几片桂花年糕做下午茶茶点。另外，一入冬，就等着老东吴桂花冬酿酒应季上市。桂花悄然蹑足而过，给我们逝水无痕的日子断了句，断出春去秋来。

想起形容桂花的词语，也总是"幽芳""孤芳""孤妍"这样带着泠泠寒意的冷语。关于桂花的诗词里，我难忘的一首却是由画家倪瓒写的：

桂花留晚色，帘影淡秋光。
靡靡风还落，菲菲夜未央。
玉绳低缺月，金鸭罢焚香。
忽起故园想，泠然归梦长。

这首诗不算好，但好在他给桂花的意境安置。自始至终，桂花没有正面出场，不过是在帘子上掠过的一枝花影、思乡无眠夜里的一缕淡香，以及遥想中的靡靡凋落——桂花是不能劈面而来的。

我平生拥有的第一瓶香水，是我城生产的金芭蕾桂花香水。小小一瓶，像现在的珍藏Q版，和夹着栀子花瓣的《漱玉词》散发出的旧书霉味一起，成为我学生时代的气味背景。出于怀旧，现在我也会买这个香水，只是它已经变成了30毫升的大瓶，不复往日窈窕身姿。这个香水价格很亲民，香味也没有前、中、后调的跌宕，只有一马平川的甜香——这点我揣测是否和它的香材性格也有关系（当然也可能它是以化工香料合成的）。我且絮叨几句作为香材的桂花。同为木樨科，茉莉和紫丁香，其媚香和艳香的香气线索都更为线条清晰，在制香过程中，也更容易留香。桂花香料的制香难点，是低萃取率以及易被覆盖，所以桂花香水必须少叠加，且避让肉桂、迷迭香、薄荷、百里香之类强势香材，单一材质处理，也许更易操作。

这香水刚喷时有些刺鼻，待香味渐渐淡去后，回味倒是轻柔，将我唤回记忆中……桂花必须隔着距离，时间的、空间的，在时间里搁一搁，放空间中晾一晾，待它淡了，远了，清韵就出来了。《红楼梦》里形容袭人，"空云似桂如兰"。"空云"这两个给桂花降温的字，强化了袭人如桂花般的柔美以及这份眷爱易凋的悲剧感。就像小说中后部，众人环绕贾母赏月，折了一枝桂花击鼓传花，饶是热闹，但贾家已经盛期全过，就像秋桂一样即将萎谢于泥。桂花这香材作为文学意象，给曹公用得出神入化。还有一处是反拨琵琶：这次，和桂花连在一起的是外有花柳之姿、内秉风雷之性、泼辣善妒的毒妇夏金桂。桂花是低头含笑的秋花，开在夏天，当然是妖冶不祥、难安家室——桂花一张扬浓烈，就不美。

我喜欢的歌里有几首是唱桂花的，在字句间出没的桂花也都是一个幽暗的身影。《桂花巷》里的幽幽自语："想我一生的运命，亲像风筝打断线，随风浮沉没依靠……"这个是午夜桂花。桂花通常在夜里最香，而潘越云的低沉音质，本身就便于抒发暗夜裂帛的幽怨。至于名为《暗香》的那首，那灼烧的声音："让心在灿烂中死去，让爱在灰烬中重生……"歌美，但这样大的抒情幅度，应该不是低眉颔首的桂花。最能体现桂花气质的，是《八月桂花香》的插曲《尘缘》："尘缘如梦，几番起伏总不平，到如今都成烟云……"坎坷半生，历尽沧桑，万事只如秋在水，寒凉都沉入人心，欲开口，却只觉酸涩难言："一城风絮，满腹相思都沉默，只有桂花香暗飘过。"尽在不言中。

※

识香

*

一

出门时，发现下雨了，懒得回家拿伞，就坐在树下躲会儿。空气里是梧桐絮微微呛人的刺鼻味道，像"伊丽莎白玫瑰"的前调。这支香水的主题，是描述玫瑰战争，它的前调是榛叶，有雨季的霉味，并不让人愉悦，一直熬到尾调，散发出的才是战斗硝烟之后的恬静木香。这香水，就是调香师拿气味元素来记录一场战争的跌宕——香水号称世界第八大艺术，和所有艺术一样，它是用叙事元素和语法来表达、抒发的。因其具有叙事功能，有些香评师写香水，干脆就把香水直接串联在故事里，溶解在情节中来解读，让飘忽的香味落了实。

越来越觉得，闻香很像读小说。事实上，有很多香水就是以小说为灵感并以之为名的，比如有支香水叫"黑暗的心"，是调香师读完康拉德的同名小说之后的读后感。调香师以雨林腐木味和烟草味、酒气为纲，用气味重现了他脑海中的那个热带故事。有些商业香水像心灵鸡汤一样，甜美却不耐读。好的香水，层次丰富、让人回味，又表达有力、一语中的。

比如，有的玫瑰香水并不甜美，倒像玫瑰儿近凋零时带着枯意的淡香，我马上就会想到玫瑰失水时的疲态，像女人的脆弱，别有味道。又想起 Laura Makabresku，这位波兰女摄影师擅长表达女性的精致与脆弱，以及这两者之间的张力所造成的紧张感——这个由气味引发的思考空间及内容物，平时都是折好收纳在意识深处的，把它们翻出来又抖开的过程实在太有趣了。

和小说一样，香水并不都是香的。有些香水，虽然不能说是臭气扑鼻，但确实是对人类嗅觉的冒犯，比如有些特别喜欢焚香调和苦艾味的调香师——类似于小说也有惊悚暗黑系的，读下来，恐惧之余也能对人性多点纵深了解。

并且，识香力像文学鉴赏力一样，人各有异。首先，天赋不同，有人天生官能敏锐度高，而且不易嗅觉疲劳（一般的香水学校学生一天能嗅十种八种吧，然后就要让鼻子，准确地说是大脑管嗅觉的那个区域休息，反复闻皮肤的气味，让自己回到嗅觉原点，好重新出发闻新的气味）；其次，品香能力也需要训练。香评师能解读出的香水层次比一般人多很多，这样他们才能做到与香水师信息对称。

最近在看一本调香者的书，他不是职业调香师，但这人很有趣，学建筑出身，因为爱野鸟做了生态画家（他的香水书里的小瓶子上，都画着长睫毛的猫头鹰），接着又迷上调香……他写的香水书，也不尽是调香指南（这些年芳香疗法、香水鉴赏之类的书太多了，它们是奢华和品味的标签，还有一些古代香道书复出了，也是定位为雅士阶层专属的修养）。这人是把香气当成一种心境的记录和表达，他制香、赏香是在深入山林或散步途中，边观察鸟类，边采撷香花，完全是平行于生活的日常化操作，追随的是内心的那份喜欢。有的凝香体，用年份为名，是将生命中不可恃的时光凝结成晶，一打开瓶盖，那日的天光、水影、笑声都会还原于眼前。同样，一抹飘摇的木兰花香，也会让他想起彼时友人摇摇欲坠的婚姻、正为趋于解体的婚姻。一开香水瓶，这些年，那些事，都会声色鲜明地历历重现吧？

　　这位调香师，很像过去年代的自然制香者，跋涉深林，收集发香植物。有次连续三个夏天去找焦糖甜香的山林投，又有时为了萃取理想的栀子香要等上一年。他觉得，海洋香是聪明的少女，骑着"野狼125"在烈日下的海边奔驰，香草则是古代翩翩君子……他的调香之旅，是人文风景，他完全不是足不出户、用化学香精去合成香气的现代调香师。

　　不仅是艺术，包括科学在内，都不能失衡。这几日，在读神经学家萨克斯医生的自传。少年萨克斯的理想居然是成为一个化学家。但是注意，他所说的化学是十九世纪的化学，也就是化学家要做大量的声色光鲜的一线实验室工作的那种，不是量子世纪的抽象化化学。他从小就在家里开辟了实验室，每天一睁眼，就惦记着今天要做的实验，想着拿零花钱去买化工原料，假期都泡在自然博物馆里看矿石，用好几年时间收集全了一套元素周期表的公交卡。他喜欢的，是与具体的化工材料接触，看、听、嗅各种化学反应。而步入二十世纪的化学，随着现代化发展，越来越趋近于电脑操作的抽象研究，所以，他最后放弃了这个爱好，转而投身于神经学科。但即使是在医学研究中，他也热衷于与患者交流，观察他们在生活中的情态，体察他们的心意，努力去理解他们的行为模式，为他们写了很多书。

　　在梧桐的密叶筛下的雨丝里，我想：我深爱的一切，正是科学、艺术、文学之中，与"人"的交界地带吧。

二

雏菊的香是过日子的香——在春夏的日子里，早起吹着凉风看书，给昨天买的雏菊修枝去叶（下端浸水的叶子，怕腐烂）。雏菊的叶和茎被剪断后，发出浓烈的辛香，充满了浴室小小的空间，由此我分外积极地修剪花叶，在废纸篓里装满了残叶，这样连空气清新剂都可以省下了。想起梁实秋写的全家吃完螃蟹后，到后院采艾尖洗手去腥，螃蟹并没有贵重到镌刻在记忆中的深度，难得的是家人同在、兄弟姐妹欢聚一堂的天伦之乐……这艾尖和雏菊的馨香，是平安如馨的馨，是日子的香。

三

看书看累了，就去逛淘宝玩。我喜欢看那些精致的女孩子穿戴打扮：玉雕的手牌、钻石耳钉、成套色系精心配好的衣饰，喜欢看她们高高兴兴地自拍。我喜欢别人活得兴兴头头的。不过，我自己永远是T恤、短裤、帆布鞋足矣（顾及广大帆布鞋爱好者的需求，现在帆布鞋也有加绒冬款和拖鞋夏款了，可备足四季所需）。想到抽屉里有几件T恤折得整整齐齐的在那里，下层还有两条短裤，会

一城风絮，满腹相思都沉默，只有桂花香暗飘过。

如期在夏日陪伴我，心里就觉得满足踏实，并没有更多的欲望。顶多再戴只手表，喷点木香香水。调香师都有一张表，就是拿某种香气对应一个音阶，调香师调香，是先调基调，就是先找到基础旋律，最后调的是开瓶香，就是香水的前香。前香一般都是高音阶的气味，修饰的香气是中音阶的，定香的多是低音阶的。我喜欢的多是低音阶的，比较暗哑稳重的香气。好像我喜欢的歌手，也是擅长低音区的，比较磁性、像生锈金属的那种声音，可以反复咀嚼，意味悠长。过于高亢甜美、单薄乏味的，我并不热衷。

四

橙花类香水我都喜欢。最近用得多的是 AG 的橙花，比较特殊。它的香气其实来源于橙花叶，不太像橙花本尊那种明亮喜悦的柑橘调制，让我想起小时候，傍晚时分吃完饭，在大木盆里洗过澡，妈给我扑上痱子粉，她搬个小木头凳子，坐在澡盆边，吭哧吭哧搓洗换下来的衣服。脏衣服浸了水，膨胀得很大，我妈把它们按在搓衣板上，用力地搓洗，泡沫一团一团涌出来。然后，妈再去井边打水，小路是石子铺的，并不平坦，妈走得左右摇摆。看着妈走远了，我就去玩。在妈妈把这些衣服洗干净、抖开、一件件晾在绳子上之前，她是不会和我玩的。（我妈妈是售货员，几乎全年无休，只有早七点到中午、中午到晚七点这两种工作时间。绳子是她用商店里用剩扔掉的塑料包装绳搓出来的，她把几股旧绳子搓在一起，就是结实的晾衣绳了，她还会拿用剩的雪花膏瓶子给我做墨盒。多年后，我自己做了母亲，只能买成品玩具，自己是什么都不会做，遥想当年，分外羡慕双手万能的老妈。）

废弃的小花园里，野猫穿过，野草疯长，没人住的房子早已荒废。我和小伙伴摸着锁上的锈蚀，手上沾了锈，眼睛还直往屋子里瞄，黑暗的空间，更激发了我们诡谲暗黑的想象力。园子里还有高耸的水塔，我们幻想去里面住着，过离开大人的自由生活，谁和谁平时玩得好，就可以住一层。这时，一个穿粗布衣服的老太，用木块敲着木箱过来了，箱子下有车轮，里面有被胎盖着的冰棒。谁口袋里有钱，就买冰棍分给大家——大多数时候谁都没钱。我们去采不花钱的晚饭花，也就是草茉莉。指甲掐断茎叶，拉出一缕丝，膨大的根端塞在耳朵里，另一端的花垂下来，像戏曲里那些美妙的扮相。我们都没钱，自己拿纸板做过清代的大拉翅，把用旧的头花缝在上面，自编自演……二十多年后，我家姑娘无意中翻到这个老文物，问我那是什么。我支支吾吾，连忙把它藏起来了。我不知道怎样向小小年纪就拥有成箱子玩具、整橱书的小朋友解释那个贫苦又丰盈的童年。那留在指甲缝里、整晚不散的花汁气味，就像AG的橙花叶的气味。

多年之后，我又回到了那个花园。让我吃惊的是，它比我记忆中的要小好多，几乎我一张开手臂就能把它揽入怀中，小路几乎是个玩具，几步就走完了。原先废弃的屋子仍然紧紧关着门，门上爬满了爬山虎，在密密的枝叶中露出一个门牌，是个医生的电话号码——这里成了一个私人诊所。小时候的我要是能穿越时空过来，还不知多激动呢，由于经验的缺失，对阴影没有概念，所以那天真长翼的想象力，可以照亮整个贫瘠的童年。现在的我站在门口很清楚，开了门，会走出一个疲惫倦怠的成人，就像所有的成年人一样，如此而已。

※

八月桂花香

*

在她贫瘠的一生里，本应丰沛的"生活"
早已被命运碾压成为干扁的"生命"。

前年年底，因家人车祸住院，在骨科病房，我第一次见到她。

她身量不高，灰白的头发在脑后盘成一个髻，穿一件暗红对襟毛衣，服侍我们对面床上的病人躺下，熟练地调整枕头高度，摇起床尾，挂好资料袋，整套动作行云流水。因为她是一个护工，这是她日日操作的活计。凡病人家属工作忙、体力不济、人手不够的，就会找护工。

他们多数来自农村，没文化，有体力，能吃苦，不怕脏，经同乡介绍，由专门的工头组织他们到医院干活儿，交一定比例的佣金。吃住全是流动的，服侍哪个病人，就吃住在哪里。待久了，医院如家，她向我们介绍，哪里有热水，哪位医生的手艺最好、还有附近小饭店里，哪家的炖汤最好喝、材料最实诚。

她有一个习惯性动作，就是捂脸。她说怕近身侍弄男病人，看到私处会难堪，她说着就捂脸。她说起取环碰到男医生，也捂脸。她出生在和县附近的偏远农家，十八岁嫁人，生了两儿一女，非常如意，不想老公在四十八岁那年，突患癌症去世，生活从此无依。儿子不许她改嫁，说是在村里没法抬头，"你要嫁人我就没脸做人"。她学给我听，说着又捂住脸。我问："那他们养你吗？"当然不养，孙子带大后，就赶她出来打工——捂脸，像是她身体语言中的围墙，行为的边界，道德的高墙，挡住了思想的去路。无路可走。至于墙外的世界，那是她经验和思考力之外的事。她想象不出来，也不去多咀嚼。

那年她五十出头吧，从此在医院辗转为生。骨科病房是一幢大楼里的一层，灯光明亮，被褥整洁，宾馆式的标配，只不过普通的宾馆住的是旅客，这里住的是过路的疾病及永驻的死亡——这层楼就是她的家。带着一小包随身行李，她栖身在病人的脚边，进驻不同的病房，进入洗手间放下擦脸油和肥皂，把几件随身衣服挂进衣橱，老人手机揣进口袋，她就开始工作了。活计不重时，夜里能睡个囫囵觉，白天窝在太阳下打盹，甚至能闲下来看会儿电视，她就很高兴。同乡时而来找她拉呱，若是病人的探视瓜果吃不完，分给她们一些，她们就在阳台上边晒太阳边吃……这些时候，几乎是幸福的了。

骨科病房以中间为界，前半部分是像我家皮皮这样的骨折病人，这类病人基本伤情有限，不会危及生命，房间里传出声势激越的吵吵闹闹，多半是保险公司和肇事方与车祸当事人就赔偿问题发生争执。一过病区的中间地段，顿时觉得气氛凝重，因为那是骨癌病区。骨癌和血癌一样，是少见的几种多发于青少年的癌症，如果在老年患者身上，多为原位癌骨转移，即使做手术预后性也很差。常见黑压压一屋子人，一大家子人因着从天而降的厄运，从各地急急聚来，垂手环立在病床边，暗暗传递卸责和怯弱的眼神。在最短的时间里，必须有人挺身而出，决定是否截肢。我们隔壁病房里是两个年轻人，一个初中生，截了左臂，另外一个二十六岁，刚做爸爸，右腿夜里疼，确诊后马上截肢。孩子还在吃奶，没人带，妈妈只好背着孩子上医院侍候老公。病房里大人呻吟小孩哭，一片凄凄。

护工阿姨跑去观望了下，提醒他们准备点钱。她说医院马上会来收费，用来处理切下的那部分残肢。护工阿姨说这话时面无表情，断肢只是一个离开躯体的无生命体，这个程序对她来说乃是和交垃垃费一样的平常事。她淡淡地对家属说，快点练习用假肢，慢慢就适应了。人，活命最要紧。

没事时，她常和我说病房趣事。她原来待的是乳癌病房，有次居然来了个男病人！还有骨癌病房里一个老太太，伤心的是截肢以后就没法跳广场舞了！她一边说，就一边笑起来。不是冷漠，也不是幸灾乐祸，只是在陈述一件事而已，就像显微镜读片一样，有点像我们文学角度上的"零度叙事"。

她渐渐老了，有轻度高血压，赚钱的重病号也不能接了，因为要不停地起夜，无法休息，她吃不消。眼前服侍的这个病号阿姨，是个好人，也来自农村，不过夫君成材，弃农开了个药店，女儿们在南京上大学后留宁了，都在大医院和公司上班，出息呢，又孝顺，轮班不息地来医院陪护妈妈。

两个阿姨，一个病人，一个护工，由浅入深地交流起来，发现居然还是同年生。又说起农村生活，依稀还有幸福感，病人阿姨说："等外孙女儿带大了，就回老家了，菜是自己种的，空气好，闲时找几个姐妹打打麻将，比城市舒服。"护工阿姨呢，被病人阿姨画面感十足的田园牧歌鼓舞起来，也开始向往起自己的老年生活，说已经存够了买小房子的钱，今年再赚点养老金，也打算回家了。手头一定要有钱护身，儿孙也不嫌弃。不然，过年连孙女儿的压岁钱都给不出。我为她感到高兴，暗暗松口气——皮皮睡着时，我一边看书一边和阿姨聊天，书里铿锵有力、真理在握地说着自我和自由什么，我目前却晃着这么个伛偻老弱的劳作背影，而这些纸上烟云，落不成她的喜雨。

我生出无端愧意，连书都看不下去了。皮皮出院前，我抓紧时间反复叮嘱她，你年纪大了，血压也不好，这个昼夜连轴转的高强度工作不能做了！要回家，一定要回家！我越说越急切，她脸上有点茫然，又照例附和应答我。

她偶尔离开医院，比如，过年时回老家，去客运北站坐车到安徽界内，转黑车，几个小时就到了。但她时常舍不得这几天歇工，因为过年期间陪护费最高。有一次她拿到七百块，她独自守着临终的病人，病房电视机里春节联欢晚会的喜庆声音，伴随着病房里最后的潮状呼吸。外面是大露台，她遥望着除夕夜的烟花，开开落落。还有农忙时，请佣工太贵，那几天她得回家帮忙。另外有一次，不知儿子怎么心血来潮，开了辆车到南京，把她拖进紫金山里。她一下车，那个香气，真好闻啊！在乡下从没闻过，是桂花。

我想起这一生见过的桂花。秋天来时，散步的山边小径上，若有若无、甜香袭人的，就是这个桂花。恋爱时，爱我的那个男人，用纸包捋了一包送给我，当时我想着结婚后要常常煮桂花元宵给他吃——他爱吃黏食。我想起在扬州个园看到的那株硕大的大丹桂，我想起在厦门的箛筜书院，老先生向我介绍那个福建的四季桂，也叫月月桂。我还写过月桂糖，旧时杭州大户人家的喜糖，用桂花和了酸梅汁做的。而这些，即使我生动翔实地描述给她听，又有什么意义？在她贫瘠的一生里，本应丰沛的"生活"早已被命运碾压成为干扁的"生命"。这样单薄匮乏被剥削的主体，不允许有过多的感伤附丽和主观发挥。这一线桂香，却成了我和她的某种牵系。每次闻到桂花香，在我的记忆库里，她的形象会优先出位。我会提醒自己，这个我审美中的常规数值，对其他人，就可能是某种奋力摸到生命上限的美好瞬间。

前两天去车站，路过一个炸炒米的摊位，突然听到一个耳熟的声音，定睛一看，是她。在一群老乡当中，说着方言，等着炒米炸好，火花照着她的脸，她咧嘴笑起来，她的憧憬落了空——我心里一寒，今年她仍然没有回家。

＊

心

之

眼

心仿佛感觉到灵魂在低声私语，
贴近晨光。

两个人，一个人

*

节能、惜力，合理地安排自己有限的精力，

尽量让它被保护好，还能缓慢增值，

对于人生来说，是要至关重要的能力。

一、冷静的诗情

这个夏天，我一直在家看契诃夫。他是我从小读到大的作家，随着自己成熟度的提高，每一次都能看出很多不同。在他身上，折射出我自己的思想蜿蜒。

小时候看他，注意的肯定是文学这块。从文学的角度，去看情节、人物、抒情。契诃夫很不可思议，在他短短四十多年的人生中，有三十年吧，都是处于创作生涯。他的十卷本短篇小说集里，有彼时俄国各界人物：农民、地主、知识分子、医生、警察、法官、囚犯……几乎是各种阶层的人物生活和心理的速写集。所有入眼的人，都被他用快捷的笔法、喷薄的创作力给抓拍了。

年纪越大，对他的喜爱越与日俱增。因为除了文学，还读了些社科、思想史之类的书，就会把他放在一个波澜壮阔的时代背景中去看，越来越明白那种在一个人身上克服一个时代的艰辛。

契诃夫出生在俄国的大动荡时代，各种新旧思潮奔涌起落，他曾经路过民粹主义风、启蒙主义风、屠格涅夫风、托尔斯泰主义、自然主义风、唯美主义风、悲观主义风等，他也曾经被他人的风格影响，有过模仿式的习作。在对契诃夫比较详细的文学研究中，可以看出，他的心路历程并不是笔直的一条罗马大道，而是非常曲折的，有时也会走弯路。而且，因为开始写作时过于年轻，思想未必成熟，也会有文学天赋卓显但思想不足的可能。不过他始终清醒和自省，反复审查自己意识深处觉得不适之处，并不被他人的评价所左右，这之后，他又及时地拨正了自己。

他始终保持着一种冷静的诗情。

契诃夫是无神论者、怀疑主义者。他对一切都不信任，以他的高敏，可以把万物都扫出高像素 CT，看出病灶来。他认为，晚年托尔斯泰的作品缺乏科学性，贸然谬谈梅毒、公共救济、女性对性爱的态度。他也觉得陀思妥耶夫斯基啰唆，俄国知识界高贵、麻木、冷漠，无精打采地高谈阔论，喝喝小酒，出没妓院，却不能将谈论付诸行动——大多数德国人很冷，法国人热但是恒温，而俄国人大概是冷热不均，全看有没有喝过酒。

一个高敏高反应力的人，看各种社会现象都像 X 光机。真相的骨骸常常是令人惊悚的，看他的手记，我时而会头皮一凛，比如"街上有个姑娘，她从未到过农村，但她感受着农村，痴心地谈论着农村，谈论着寒鸦、乌鸦、马驹，想象着农村的浓荫树和树上的鸟儿"。敏感的人少了钝感力护身，最后会像通电的铜丝一样，很容易被愤世嫉俗的戾气熔断。这时，契诃夫会给自己降温，靠什么呢？就是他作为一个医生、科学工作者、坚定的唯物主义者那种冷静的定力。他会很快恢复理智，及时浇灭情绪，把情绪扭转，降到一个适度的，既不烧熔自己也不灼伤别人的温和度，化锐利为悲悯。

在我不多的阅世经验中，我发现，敏感的人几乎都有尖利处，但是有两种人例外：一种是情商高的，他会用社交形象对付外半径的人，并不裸露内心；另外一种就是理解瑕疵，将其转为了容错率，这是一个走过黑暗长廊的人，才能拥有的光明的眼睛。契诃夫结合了他父母的基因——他爸爸的文艺敏锐度和他妈妈的包容悲悯。如果只有前者，他会变得尖刻狭隘，如果只有后者，那就是眼神不好，看不见脏处的宽厚，质量受限。

在工作领域也一样，比如文艺创作这块儿，包括在写作中，因为天赋的倾斜度（中性陈述，没有任何褒贬的意思）不同，每个人的发展方向都不一样。视觉艺术方面，我有个朋友出身于美术世家，有视觉天赋，但她平面线条感很好，立体感却弱，最后改学书法，在二维世界里发展了。写作这块，很多作者从事的是单一文体写作。有些作者只写杂文，我不记得他们提到过一次花香或落日、热乎乎的汤包之类，我也感觉不到他们活在这个世界上，这类人通常思辨力很好，但缺失感性。与之相反，有些作者只能写散文，这类人通常感性发达，但是往往夹带了过多的情感，文字如潮水，打动人心，但不小心就泛滥失控。比如森茉莉，她的直觉、官能感受力非常好，尤其是状物描写这块，绮丽优美，但一踏入评论地带，就是一团乱麻（当然，作家在某块才能突出，已经殊为不易）。

热烈如潮的感性，冷硬如岸的理性，是需要平衡的，并且能互相强化。在《密会》中，吴惠媛反复提醒李善宰，弹到某乐章时，千万不要放进感情，"钢琴家孙悦音之所以了不起，就是因为她用冷静的方式处理热情，所以她的热情才特别热情"，就是用藏器韬晦的理性来加大情感的张力和后坐力。有句话是"与其吃蜜,不如沉默",用在写作中也一样,不动声色之下的情感之海,比起狂风骇浪,更让读者回味悠长。感性丰富的评论家,等于多接一根感应天地的数据线。感性让枯燥的思辨倍添情趣,这样文字就格外深邃繁茂,比如伯格。理性强韧的散文家,就是加装一个安全闸,不会滑向情绪化。

在契诃夫身上,诸多才能并存而且多声部和谐。他的感受力和思辨力也非常调和。他写过一篇《草原》,是回忆少年时去爷爷家的一段旅程,里面散文化的描述段落极之优美,充分体现他对自然风物的感受力。其中有一段是写头顶掠过的鸟群:"在月光下,在夜鸟的飞行中,在你看见且听见的一切东西里,你开始看到美的胜利、青春的朝气、力量的壮大和求生的热望。灵魂响应着美丽而庄严的故土的呼唤,一心想随着夜鸟一块儿在草原上空翱翔。在美的胜利中,在幸福的洋溢中,透着紧张和愁苦,仿佛草原知道自己孤独,知道自己的灵感和财富被白白荒废了。没有人歌颂它,也没有人需要它,在欢乐的闹声中,人听见草原无望地叫喊'歌手啊,歌手'。"大自然的万物,对他来说,不仅是声色气味,也不仅是目见、鼻观、耳闻,它们更是一种深刻的生命教育,帮助少年的他理解了人生。而这堂"万物静观皆自得""万物有情皆可状"的生命课,是感性的人动用了肉眼又张开了心眼,才能听懂的。

但是，他在戏剧剧作中借人物之口剖析时政，以及在通信中评点作品，和友人激辩，舌战群雄，包括自我剖析时，又可见他的思辨力也非常锋利。

纵观契诃夫、陀思妥耶夫斯基和托尔斯泰的日记，确实异质纷呈。陀思妥耶夫斯基是来回踩，一段写完，回头又填补，后面又绕回前面，像一个醉汉穿过麦田，当然文辞是闪光的。托尔斯泰的日记读起来洋洋洒洒，动辄千言万语，托翁是把自我当成研习对象，以此推出角色的。而契诃夫的日记是简单的几行，更像是骨感的记事本，且有一种隔岸观火的冷淡。这个火，是他的心火，远观小小一簇——一八九六年，《海鸥》在亚历山大剧院上演，惨败而归，这件事对剧作家也就是契诃夫是打击很大的，他甚至咳了血，身心双方面受到重创。但是在日记里我们看到的，只有淡淡一句话："十月十七日，在圣彼得堡上演了我的剧作。没有成功。"他的日记，是一个人独步于幽径，一行脚印渐行渐远，留给你一个干瘦的背影。他的字，是小小的，清楚的，一行一行，从笔迹学来说，是个自制的人。除了日记，他还有很多生活记录本，包括购物单、（向家乡的图书馆）赠书目录、花园种植笔记，分门别类，交代得条理清楚。他把外事和内心都收拾得眉目楚楚。我想到"孤光自照，肝胆皆冰雪"，不是说他清介有守，而是说他既冷冽彻骨，又洞悉清明。

包括在恋爱上，他曾经爱过一个叫丽卡的女人，这个女孩子是他妹妹的同事。我看过照片，是那种美丽活泼、血肉充实、身材线条紧凑的女孩，每个毛孔都洋溢着青春的活力，我们在街上常常会眼前一亮，被这种姑娘的身影照亮的。契诃夫就像大多数理性克己、温文儒雅的男性一样，很容易被这样高温的女性吸引。他爱她，热烈地，几乎可以说是狂热地。后来他的理性告诉他，这个热情美丽的女性未必适合自己，他会被她搅乱心境和生活，消耗精力，终结创作生涯。接着，他就及时刹住了自己的感情，和她的通信也从浓词艳语慢慢地转向了轻快的调侃、淡远的关切，渐渐降温。契诃夫爱丽卡，是在热烈中带着保持距离的戒心："你心中有一条鳄鱼，幸亏我服从理智的安排，没听从心的指引，饶是这样也被你咬伤了。"可怜身是眼中人，他把自己也审视得清清楚楚。书信集里还有一句让人挺心酸的句子："我爱的不是你，在你身上我爱着我过去的痛苦和逝去的青春。"

正是这种调温能力保护了他敏锐的天赋，没有让他被过度的敏感及热情所毁，而这种自毁的现象，在敏感度极高的创作者身上是很常见的。敏感热情，对写作的人来说，本来就是一把双刃刀。

我发现，我喜欢的人身上都有这种理智和情感的平衡力。如果没有感性，则不能尝尽世间百味，活不出滋味丰富的人生，像条味觉迟钝的舌头和感觉麻木的官能。感性发达的人生，充满了五颜六色和诗情画意。但是，一旦失去管理，情绪泛滥，又会导致失衡和自毁。这对我自己，其实也是个启示。节能、惜力，像理财一样，合理地安排自己有限的精力，尽量让它被保护好，还能缓慢增值，对于人生来说，是至关重要的能力。

二、以务实来抵达务虚

契诃夫身上还体现了抽象与具体的平衡。他以小说家的笔墨细细编织，走着启蒙者和思想家的道路。他是天生的小说家，并从未偏离过航线（如晚年意欲成为启蒙者的托尔斯泰那般）。阳光、流水、草原……一切的美，或是市侩嘴脸、遍地垃圾，一切眼见生活的景色于他，都是本体，不是喻体。

他朴素地看见，并且克制住评判和重组以及选择景观的欲望，只是诚实地呈现它们。他作为小说家的自觉性，已然上升为一种严苛的自律："艺术家的这种完全的独立性……在一部作品中，不应该有变相的说教，无意中给人启示，应当展示生活而不试图证明任何东西。作家应该为人物服务，而不是人物为作家服务，作家应该有勇气在人物的存在和自身的存在中做出选择，如果作家对人物做出解释、评判、谴责和宽恕，那他就是超越了自己的权限。作家在人物背后消失得越彻底，人物就有希望活得越久。"

拒绝将角色工具化，使其沦为思想的传声筒，以形象而不是逻辑来思考。这是他的克己，也是对人物的尊重，简直近乎小说家的职业道德了，在我看来。别忘了，契诃夫是个戏剧爱好者，也是个业余演员，在他家里的三楼还有家庭小剧场。在他小时候，他穿着破衣服，用帽子遮住脸，扮成乞丐和亲戚讨钱，装得惟妙惟肖。他在小说里也是溶液般的存在，彻底溶解在角色之中，让他们自行其是。

他在短短四十多年的一生中，记录了俄国十九世纪末的诸般世相。在这个罗列、描绘和重现的过程中，我们这些一百多年后的读者，看见了一个旧日的俄国的方方面面。当我们走过这条黑暗的长廊，一切都不言而喻。感激他对具体的执守，让一切浮于表面的喧嚣讨论都纷纷剥落，还以最坚实的本相。没有什么比事实和活生生的人，更有说服力。

他是以务实的方式来务虚。

他出身于赎身农奴家庭，小的时候学习成绩也不佳，并非他资质平庸，事实上，他们一家天才横出。他的一个哥哥长于绘画，另外一个也有写作才能，契诃夫本身更是俄国文学史的奇迹。但是，他们面临的生活环境，是物质匮乏、俗气不堪的，根本不是学习的良好精神土壤。他的爸爸也没有规划孩子未来的意识。契诃夫的爸爸经营一个破败小店，为了节省工资支出，怕伙计偷糖吃，就喊儿子们来看店，小契诃夫就是在昏昏的灯光下打着瞌睡温书。酷寒天，笔尖碰到墨水瓶里的薄冰，发出清脆的撞击声。伙计们呢，冻着靠跳脚来取暖。踏过初春刚融的雪泥，醉醺醺的客人进来买烟草和咖啡，他们在这个灰尘厚厚、恶臭的空间里说黄色笑话。即使在家里，父亲对孩子们也没有温情，还会因为汤做得太咸而狠狠咒骂母亲……

爸爸对孩子的学习安排也是随性的，忽而送他去学希腊语，因为那是富商的语言，将来可以打入他们的世界，忽而又送他去缝纫学校，契诃夫还给哥哥做过一条裤子，忽而又送去学俄语语法。学习时间不足，课程混乱而断裂，当然不可以成就一个优等生。

总而言之，父母给予他与生俱来的天赋，他却是完全靠自己来"理才"（管理发展才能，不是理财）的。既然不喜欢学校，也不精于学习，契诃夫就去自己喜欢的地方，比如坟地。他喜爱落在墓地石板上的红樱桃，也喜欢辨识墓碑上的碑文……其实仔细一想，墓地、葬礼、出殡情境，还有什么比这个更浓缩、更有喜剧意味的场景呢？医院、法院、墓地，这些地方都是生与死、生者与逝者冲突最激烈，也最难舍之处。难怪这一切让小契诃夫深深地陷入了对人生的思考。

这个场景，大家是否觉得眼熟？我反正是想到了在放学路上乱逛，看药店伙计搓药丸、摊药膏的汪曾祺，还有在街头看铁匠打铁的沈从文，又有在垃圾场捡东西的三毛……直观的生活，面对面的交流，可触可感的物质，就是一种积淀在意识深处的学习。终有一天，这些腐土层的营养，会变成精神沃土，养育出纸上的壮美风物。

因为成长在这样一个凋敝、市侩的小城环境，所以，契诃夫在成年之后，分外地渴求得体、涵养，物质的雅洁和精神的安放。他对托尔斯泰式的反智、美化农村生活，试图塑造农民圣贤的那个思想体系是不赞同的。契诃夫对贫穷闭塞的小城知道的太多了，他这样回忆自己的家乡和童年："六万人只忙着吃、喝、生儿育女，对生活没有任何其他兴趣。到处都是蛋糕、鸡蛋、酒和婴儿。没有一份报纸，没有一本书。在这里，没有爱国者，没有商人，更没有诗人，甚至没有一个像样的面包师傅。"他知道大家都住在破木块搭起的木屋里，一个披檐，冬天挡雪、夏天遮阳，院子里乱跑着鸡和狗，只有两条街道装着电灯，时有失踪的姑娘被卖给土耳其人做小老婆，囚犯当街扑杀野狗（他们的服役期工作之一），全市的人都喝着不干净的水……他的底层生活经验太丰富了。

当托尔斯泰说要追求简朴生活，把钢琴、马车、家具都送人的时候，契诃夫却在努力养活全家之余透支了稿费，去买了个农庄，兴致勃勃地种树、养花，招呼文友来聚会、演戏、畅谈文学，努力搭建他幼年就梦想的优雅生活。他从少时就居无定所，一直到处租房度日，生活总是临时和潦草的。这回，他第一次拥有了自己的土地，他欣喜万分地给朋友写信："每天都有意想不到的事情发生，一件比一件有意思。鸟儿飞来，积雪融化，草儿返青。"他每天五点起床，十点睡下，亲自去整地耕种。他给朋友写信，买来各色种子，为幼苗寻找瓦罐，在书信中不忘恳请家人照顾他刚种下的果木。在雅尔塔时，他种下的白茶花开了，他欣喜地给妻子发电报告知。他还种下了苹果树、樱桃树、醋栗，还有他心爱的玫瑰花。

契诃夫并不是把乡村美化成精神桃源。"我的血管里，流着农奴的血，但人们并不会因为农奴有美德而钦佩我。从童年时代起，我就相信人类的进步，并且一直相信这一点……托尔斯泰的哲学，曾经对我产生过强烈的影响，他曾经支配过我的生活达到六七年之久。在我身上起作用的，并不是我早已了解的那些基本原则，而是托尔斯泰自我表达的方式，他的见识和某种吸引力。现在，我内心有些东西对此提出了异议。理性和正义告诉我，电和蒸汽机，比贞洁和拒绝肉食更能体现人们的爱。战争是坏事，司法制度也很糟。但我并不能因此穿上麻鞋散步或和一个农民及他妻子在同一个炕上睡觉。"从一贯认可托尔斯泰的思想中分离出来，这感觉就像一个具体人在反抗抽象人。人生的救赎，不是由真空抽象理念来搭建的，它是具体落实在活人身上的活体反应，生活有它自带的逻辑。

他热爱的，是人与大自然的融合。"离开城市，离开战斗，离开生活的闹声，走得远远的，躲进自己的庄园。这不是生活，这是利己主义。懒惰，也算是一种修道生活，然而是毫无成绩的修道生活。人所需要的，不是三俄尺土地，不是一个庄园，而是整个地球，整个自然界。在那广阔的天地之中，人才能表现他的自由精神的全部品质和特点。"他的植物心态，犹如爱伦堡所说："契诃夫在树木的生长中，强烈地感觉到对于生命的肯定。"甚至他的创作也很像种植。他的札记本中散落着很多小小的灵感端头，但是过了几个月，甚至几年后，它们才缓缓成长为一篇成熟的作品。这中间，被时间、反复筹思和不断加深的生命体验所浇灌，又被修正过的观点剪枝掐尖。

对他而言，种花植树，不仅是因为花开时缤纷的美景，也不止于花香在书房窗下的漫溢，也不完全是鸟儿栖身其中的欢鸣，也就是说，植物的意味不是目见、耳闻、鼻观这样官能层面的愉悦，更是精神化的，修心习静、与天地相融、让身心安放的路径……觉得很熟悉吗？是的，中国古代的文人，莳花、弄草、调香、啜茶时，想的也差不多。人的灵魂，是超越人种、时代、空间距离的。我常常看见有人说，干吗要读很久以前的古书？脱离生活什么的……这话不公允，因为人心之间的时空差异，并不同步于地理距离和身份证出生时间，你家隔壁邻居未必有古人更能体恤你的心。不然，为什么我每每辗转失眠、满腹忧思，操心着孩子考试和妈妈病情时，脑海里会马上自动冒出一句"枕上十年事，江南二老忧"呢？纸上隔千年，心里可不是。

三、强烈的个人主义和融合性格的平衡

契诃夫生长在一个大家庭，母亲不歇气地生了六个孩子，契诃夫排行老三，还有两个哥哥，两个弟弟，一个妹妹。父亲性格暴烈而专制，但富有音乐及美术才能；母亲怯弱却有极强的悲悯心，看见死囚被押送囚场，也会在胸口画十字。看契诃夫舟车劳顿地去考察萨哈林苦囚，为这些被剥夺了尊严和自由的苦人发声，忍不住想：他身上复活了父亲的才能，兼跳动着母亲的善心。

在契诃夫十几岁上中学的时候，他们所在的这个港口城市因为铁路修建而日益萧条。屋漏偏逢连夜雨，父亲又受恶人蛊惑，借贷买房，结果搞得债务累累，只得逃亡莫斯科躲债。十六岁的契诃夫负责守家，变卖家产，与抢骗他们房产的奸人周旋，并开始以写作来养家。一个十六岁的孩子，面临这样的屈辱和乱局，没有丧气和

颓废。他拼命地工作，筹到奖学金让自己上了医学院，并且开始组织管理一家八口的生活。

他奔赴莫斯科主持大局，把家人从肮脏的地下室接出，给辍学的弟弟妹妹复学，收了房租来补贴家用，利用一切缝隙时间来写作赚稿费。大多数作家都是心怀对文学的信仰，为爱而创作的，契诃夫却是玩票玩出来的。他一开始并没有郑重地对待自己的天赋和工作，写的都是一百行的搞笑小品，写的人和看的人都不当真，只拿来做饭后消遣的快餐小品文。他连真名都不署，纯为赚钱，只等毕业了以后，做医生正式上岗操刀。但命运并不如他所想，因为才华过于灼灼耀眼，实难自弃，彼时俄国文学的大腕格里戈罗维奇干脆直接登他家门，给他写信，请他务必严肃创作心态，珍惜才能。他才开始考虑以写作为终身职业。

并不是他游戏文字，而是和现在孩子纯娱己的兴趣培养相反，契诃夫根本就没有发展个人文学爱好的宽松心理空间。他从十九岁开始就是一个家庭的大家长了，连哥哥都称他为"安东爸爸"。实际上，他以冷静的性格、务实的决断力取代了酗酒、暴戾、情绪化的父亲以及同样生活糜烂、酗酒颓丧、荒废才能的哥哥们，成为一家之主。家庭的收支、运作、兄弟妹妹的生活费，他都要操心。在他的书信集里，有大量关于钱的叙述，不是抱怨哭穷，而是生活窘迫逼人。他是个爱说笑话，也爱自嘲的人，是不愿意把沉重情绪转嫁给他人的人。

也许，正因为过早地承担了巨大的责任，他迟迟不愿意进入婚姻和家庭。从思想上来说，他就是一个追求自由的独立思想者。上学时，反对沙皇的学生运动多多，各路激进分子最后终于谋杀了尚算开明的在位沙皇，契诃夫觉得他们缺乏理性。果然，新任沙皇更加专制残暴，对报刊审查愈发严苛，民众思想更加被管制。契诃夫总是远远地看着那些热血沸腾的激烈之人，既不反对也不参与。他一生最珍爱的，莫过于保有个人意志的自由。

往小里说，在家庭事务上他也一样。契诃夫长得帅，身材高瘦，性格诙谐幽默，很讨女人喜欢，也曾经涉足风月场。善良而秉承责任的人，往往最怕责任，因为他们一旦接过责任，就无法弃责，他们太知道责任的沉重了。但是，他只是巧妙地与那些爱慕他的女性周旋，不肯许以终身，他害怕陷入俗务的沼泽，失去写作的自由空间。他理想中的婚姻，在他的生命末期倒是实现了——夫妻像太阳和月亮，不出现在同一天际，各有各的天地，不管束，不占有。他的妻子奥尔加，是个有清晰主体意识的演员，忙于工作，正是他欣赏的独立女性。而他之前深爱的丽卡，慢慢被他冷淡，原因是因为她是个为爱而生、自我稀薄的人，总是在男性之间游走，奔走于这一段和下一段艳情之间，契诃夫希望她发展自我，她只是忙着谈恋爱。

　　他一生都是坚定的个人主义者，不愿意投入任何阵营，成为乌合之众。个体，微小如蚁而美如神，即使在生命最黑暗的时段，就是处理完自家房产拍卖、赴莫斯科求学、靠写稿养活自己和全家时，他也没有灰心，还热切地写信给弟弟："你的信有一点让我很不喜欢，你为什么把自己说成'微不足道的渺小的兄弟'呢？你知道吗，应该在什么地方意识到自己的渺小呢？在上帝面前，在智慧、美和大自然面前，可能是渺小的，但不是在人的面前。在人的面前，你应该意识到自己的尊严。你是诚实的人，不是吗……要记住，一个诚实的人从来就不是什么渺小的人。别把'谦卑'和'自卑'混为一谈。"

　　以上这段话，我一直记得很清楚，但这次重翻他的书信集，才发现他是在一八七九年写下的这段话，那时他只有十九岁。他拥有的不仅是成熟而透彻的人生观，更是勇敢又清晰的立点。这个连一双踩雨套鞋都买不起、上课时只能把脚缩起来的青涩年轻人，骨子里却有着不可被打倒的个人意识。还有那个十三岁时拿着母亲给的钱去买鸭子，在回家的路上把鸭子捏得嘎嘎叫，为了让邻居知道他们家也有钱吃肉的傲骨少年；还有那个质疑各路思想阵营的中年人，他们是一以贯之的，是同一个人。他坚定明晰的自我和克己低调是一体的。

四、作品中的否定之否定

契诃夫的作品中，充满了内外对比强烈的人："通信。一青年期望献身文学，他常把自己的这个意愿写信告诉父亲，终于有一天他抛弃了差事，来到彼得堡把自己献身给文学，他成了一个书刊检察官。"（《契诃夫札记》）不仅是情节的转折，更是生命的戏剧化，人追求灵魂自由，实践途径却是变成一个思想警察，监视和阉割着他人工匠在教授思想。

"一个毫无才气的学者，头脑冬烘，工作了二十四年，没有做出任何业绩，只是给世界培养了几十个像他一样目光短浅、毫无才气的学者。他每天晚上悄悄地装订书籍——这才是他真正的专长；在这方面他是行家里手，而且也从中获得乐趣。常有一个爱好学问的书籍装订匠去拜访他。此人每天晚上悄悄地研究学问。"（《契诃夫札记》）工匠在教授思想，有思想的人却在做工——人对自己的否定，又对否定做出否定。在这双重反转的褶子里，生命的悲凉况味溢出。

在他书中高频出现的是活着的死人，人还活着就已经死去了："N君一辈子与愚昧做斗争，他研究一种疾病，研究它的病菌，为此他献出了自己的全部力量和生命。但是逝世前不久，他突然发现，他研究的这种疾病没有任何传染性，也没有任何危险性。"

　　还有个故事，是契诃夫从一个法国部长的回忆录里看到的，后来，契诃夫让这段话成为自己角色的台词。"威尔希宁说：'我读了一本日记，一个法国部长因为巴拿马事件下了狱，在监狱里写的。他把他隔着监狱窗子所看见的鸟，把他当部长时从来没有理会过的飞鸟，描写得那么热情，那么神往，现在他已经被释放了，当然他也就不会在那再去理会那些飞鸟了。'"

　　全是这类双重奏：幸福是窗外的鸟，只存在于向往之中。人误会了自己，也错过了人生，在他活着的时候就已经死了。每个无聊的日子都是恶水滴，它们汇聚成了一摊死水般的人生，不是肉身的死亡，而是意义的荒芜，从而导致了比死亡更可怕的活着。

　　他也双手共弹着小与大的合奏；一个人热烈地写着情书、谈情说爱，最后在信里夹一张一戈比的回邮邮票。又大又华丽的爱情，在小邮票的针尖上，"噗"的一声，幻象被戳破了——契诃夫的笔下，人生是飓风扬尘，诸多龃龉琐屑，爱情是银烛摇曳出一霎微光，很快就会被粗鄙的生活扑灭："他长期追求她。她是虔诚的教徒，当他向她求婚时，她将他以前送给她的一朵干枯的花朵放进了祈祷书。""在婚礼十分诗意，但婚后又变成了什么样的傻瓜呀。生下来的又是什么样的孩子啊！"契诃夫的婚姻观，可以视觉化成这样的场景：两个人邂逅，日日散步夜游，静听夜莺歌唱。浪漫假期的终章，是大家在算钱，争执于账目……没错，这是他的一篇小说。人生的"大"，累土于日常事务的"小"，最后，"大"却被"小"打败了。

※

河在流

*

信任这个世界，

就像信任一朵雏菊。

一、水

汪曾祺于我，是极亲切的，临睡前随手拿起翻几页的那种。可能是因为地域，他是我的广义老乡，江苏人。地域带来的亲切感，细化起来其实是：生活习惯的熟稔，汪老小说里的人物烫一碗干丝、切一盘洋花萝卜时，我的桌上也许正好有一盘，生活与小说轻快地握手互文了；景观的熟悉，他笔下的四时风物，花开日，叶落季，以及他在冬日里为家里女眷折一枝蜡梅，在墨瓦白墙的老房子里，庭院深深的幽暗北书屋里，随祖父临帖念古文，夏日香得痛快爽利的栀子花，秋日滩涂上白茫茫的芦花，冬天的湿冷中穿上热棉袄的欢快，秋天傍晚放学后捡拾梧桐子的欣喜，种种四季相乐的季候感，和我的日常眼见也接近。他似乎就是一个和我隔窗相望的人。

也许是因为散文化，"江苏"，两个字里，一个有水，一个有草木，汪老给我的感觉就是春草萋萋、水雾泱泱中的一条河。淮扬地处苏北，它有水气，所以汪老说他写不出高山仰止的文章，这种水气，换算成文学语言，应该就是散文化。我喜欢的作家，都是散文化的，又比如契诃夫。

散文化小说，没有道德文章的铿锵说教，没有历史散文那种宏大时空感，没有诗的浓缩精巧，没有爱情小说的情绪浓度，没有推理作品的解谜快感，它只是一条流经你窗下的河流。这条河，平淡但并不乏味——汪曾祺曾经在京剧团工作多年，而契诃夫从小就是戏剧迷，除了小说外还写了很多剧本，这种戏剧写作训练，在文字体量不大的短篇创作中，可以提升其戏剧化张力、对话精炼度、情节转场，弥补了散文化创作的技术短板，让这条河流有了生动的曲度。

水不与万物争，也不试图说服谁，它"信任这个世界，就像信任一朵雏菊"，它只是"看见"。它看见《黄油烙饼》里的奶奶活活饿死，干部们照样吃着黄油饼；它也看见《异秉》中药店的那个童工，一个寡妇的儿子，为将来能养妈妈来做学徒，只是打翻了一盆药，被打到眼睛肿得睁不开。而这些，是不被大历史"看见"的芥末小人物。

而汪曾祺以小说家之眼，看见陶虎臣做生意破产，家里穷得喝不上粥，二十块卖了女儿给个连长，女儿被打得遍体鳞伤，还得了一身脏病回家。

这些"看见"，本身就是一种情感。

河流携带着它途经的悲喜、依依的惆怅，奔向明亮可期的远方。它既看见"世上苦人多"，也喜见"眼前生意满"。就好比，无论多么哀伤曲折的故事，汪老也常常给予它一个未来可期的光明结尾。《大淖记事》里，被军痞糟蹋了的巧云和坚持爱情被打伤的十一子，历经沧桑后，还是在一起了。"从此，巧云就和邻居的姑娘媳妇在一起，挑着紫红的荸荠、碧绿的菱角、雪白的连枝藕，风摆柳似的穿街过市，发髻的一侧插着大红花。她的眼睛还是那么亮，长睫毛忽闪忽闪的。但是眼神显得更深沉，更坚定了。她从一个大姑娘变成了一个能干的小媳妇。十一子的伤会好吗？会。当然会！"河流偶也有愤慨，那是飓风中的悲鸣，比如《天鹅之死》。

在写作技法中，白描最接近于"看见"这个动作，而上乘的白描是大功夫——很多人写汪曾祺，一写就得摘他的原文。他的文字看起来句句是白话，口语化，但都是神来之笔。美在无法模仿的意境、气韵，像水墨写意，也实，也虚，有时它们简直是睁着眼睛的梦境。有次他写木香，他说是记得有两排木香长在老家运河两岸，搭枝成头顶的花棚，再回去问，老家人都说没有——恍如梦境，这不就是《桃花源记》嘛。

春来看到二月兰、小碎米荠时，会蹲下去看半天紫意弥漫又再平民不过的草芥美感，我会记起汪曾祺写"穷家过年，也要有点颜色。有些人家用大萝卜一个，削去尾，挖去肉，空格内种蒜，铁丝为箍，以线挂在朝阳窗下，蒜叶碧绿，萝卜丝通红，萝卜缨翻卷上来，也颇悦目"。这几句白描读出来全是近口语的大白话，但韵律、视觉美感、表意抒怀的功能性全都在了。简直是语言制成的璎珞，大珠小珠，玎玲作响，活泼流丽，无一字衔接赘余，而玉本是石，最美的语言是天然而成。

散文中有一种美文，是用杂文的文字密度来行文的，布满了意象铺陈和绮丽的比喻，这种文章骨骼坚硬，有赋的华丽，但是读着很累，适口度差，有种为美而美的吃力，像健美运动员一身小老鼠似的腱子肉，美的背后是成摞的杠铃和大堆蛋白粉。这是美，但不

是散文的美感，散文美是在街上遇到一个姑娘，美目巧笑、鲜丽欲滴，又顺应天然、自然而然，完全看不出强加施力。

二、静流

他是水，却不是激越暴烈的瀑布，或蜗居一处的死水，而是静水流深的河。他自小离家，四处求索，却不失静意，这是自小的训练。他说他祖父有一进老宅子，朝北，荫蔽，平日少人去，他自小就喜欢在里面看书练字。一向低调行文的汪老提及此事，也有点自得"看来我从小就有点隐逸之气了"。后来他被下放到张家口农场，和三十几个产业工人同住，在山西梆子的震耳杂音中照样写小说，只当是自我修炼。

"习静"确实也是道家的自修功夫，中国人历来觉得"非淡泊无以明志，非宁静无以致远"，一个心浮气躁的人，啥事也做不成。中国的隐士也有两种，有一种是终身的，另外一种是阶段性的，是通过习静的训练，让自己沉稳明澈，本心立现。有一天我发现，我喜欢的作家很多都是大隐隐于市。他们的写作路数，其实一言以概之，就是那句宋儒的诗"万物静观皆自得，四时佳兴与人同"，换算成西方术语就是"自然主义作家"。唯其心静，方能明澈如镜，方能渊流深沉，方能映照和悲悯万物。

关于河流,我见过写得最好的是肯尼思·格雷厄姆的《柳林风声》,鼹鼠对河鼠说:"这是'一条河'。"河鼠立刻纠正了他的说法:"是这条河!""你真的住在河边吗?""我住在河边,河里,河外,河上,它是我的兄弟和姐妹,婶婶和姑姑,食物和饮料,是我的洗衣池和游泳馆,是我的一切。"汪老很早就离开家,去西南联大求学,然后又北上工作,和家乡的亲姐姐都几十年未见,但是故乡的河流,是"这条河"而不是"一条河",一直缓缓流淌在他的血脉里,沿途停在了"王二""岁寒三友""小英子"的水泊边。

水有其柔软的自由,淡泊中的坚持,它只能顺着心性流淌。汪曾祺在西南联大求学时,常常不上课,成天泡图书馆和茶馆,眼观八方,阅尽杂书。他不是死读书的学生,只凭几分灵气应对考试,如水一般能随心流转。至于不喜欢的数学、英语,他都不愿意上心,以至于不能按时毕业,多留了一年。我想,正是这不能因时而改的性格,才让他在近代中国的诸多变革中,保持了完整的自我。

他笔下的人物,也是自由随心的。小嬢嬢、章云芳、巧云都是勇敢追求爱情、大胆享受身体的女性,有健康明朗的肉体态度,完全不受封建礼教的约束。破了身子的巧云,没去寻死上吊,倒是大大方方地找十一子鱼水欢爱去了,在他被打伤之后,勇敢地承担着爱的责任,养家糊口。不拘于狭隘的贞操观,顺应本能地舒展开爱的枝叶。她不识字，更不是啥子情感专家和理论精英，可是她本能地懂得自爱与爱人，她追随的是本心。

　　汪曾祺是难得的能同时胜任多种文体的作家。作家的表达幅宽不同，有的是窄幅，只能从事单一文体，有的是广幅。在这些"多工种"作家之中，能同时写小说和散文的较多，但能同时写杂文和小说的少一些，可能因为散文和小说都是用形象思维，而杂文不重感受和文采，更多的是靠论理和思辨吧。而汪曾祺不但是散文和小说圣手，甚至连他谈文学的《晚翠文谈》也写得有滋有味——众所周知，杂文常常理过于辞，淡乎寡味。但汪曾祺的文谈，走的也还是直觉化的路数，并不是西方式的文本结构、标本解剖式的精确刀法，它仍然有水的灵动。

　　说说汪老的语言，也如水。水包容万物，汪老少时成长于苏北，求学于西南，又在北京京剧团写剧本。他在写食时，常常说人要口味宽泛些，什么没吃过的都要尝试下。对语言，他也是抱着海纳百川的好奇心。听到一个有趣的词，他会追根问底地探寻。他见到王安忆，告诉她要学习北方方言，看后者的发言稿里有"聒噪"这个词，就问她哪里来的，后来王安忆想起是《约翰·克利斯朵夫》，汪曾祺说是傅雷啊，他对语言很讲究的。汪老的一些句子能读出苏北话、京腔，人物对话里有戏曲唱白的余韵，也有京骂。他的小说语言也是贴着人物长的，长出南腔北调——各种语言的支流养分，汇聚在汪老脑子里川流入河，最后涓涓成文。

三、光

说说汪曾祺语言的抗污染力。他和张爱玲是同年生人，但是创作上隔了不止一代，一个是早早出名，一个是晚来结果，难得的是，他没有被磨损。在二十世纪六七十年代之后，很多老作家、学者依旧在写作，但伤害已不可逆，不仅是身体和尊严受损，更可怕是精神留痕——他们的文字都发生了微妙的变化，字里行间有种创伤后遗症式的瑟缩——灾难过去了，但阴影恒在。

但汪老是个例外。他似乎躲过了那些，像水流绕过了礁石，依然是一种无创式的写作。无论是健康明丽的两性爱欲，还是两小无猜的爱之萌芽，仍然是天地初开时的萌发新鲜。小英子留在泥地上的那行脚印，激起了明海心中的涟漪，也在读者心中荡开，这是《诗经》中就有的那种洁净晨光式的爱，是人类情感的清晨。

读《平如美棠》时，九十岁的饶平如老先生让我唏嘘不已。一百（多）年的中国，在老先生的家史中浮现。战争和流离是主调，老百姓身如浮萍。平如和美棠的美好只在生命两端，少年时携手吃面啃玉米，老来一个看稿，一个教孙女唱儿歌，一起剥毛豆，心里只觉得安宁快乐。这"今日相乐"的底子是什么呢？是往昔二十一年的冤屈，夫妻分居、骨肉离散。平如只有一件列宁装，补丁摞补丁，晚上当被子；美棠去扛二十斤的水泥包，从孩子口中给平如省下半斤糖块，她最焦虑的是凛冬将至，而她买不起一件给孩子御寒的冬衣。

这二十一年不堪回首的岁月，饶老爷爷却是兴致勃勃地画了一张又一张的图，来图解他当年挖土方时用的工具。汪老把下乡务农时在果园的工作经验写成文，《葡萄月令》里，那葡萄像儿童一样活泼生长，欣欣可爱。他还写在张家口大坝上画土豆，画完了烤烤吃掉，还自得于自己是中国吃过土豆种类最多的人。

这两位，都没什么了不起的爱情故事：风流才子式的欲仙欲死，或者花心渣男的狗血桥段。有的只是乱世里的一点小温暖：饶老爷爷是军官相亲，隔窗看见娇小姐对镜涂口红，回部队以后，突然发现自己开始惧怕生死。汪老爷爷和老伴好像都不是初恋，家里也没谁把他当成了不得的大作家，倒是常要下厨干活。老伴是西南联大的同学，富裕华侨的女儿，独立自强，恋爱纯粹是因着爱才——无视物质艰苦，敢舍身嫁给穷才子的，往往都是富家小姐。沈从文娶的张家三小姐，黄永玉的老婆是将军的女儿，郭家二小姐随性子嫁了清华的清贫书生，穷人家的姑娘太知道窘迫之苦，倒是更务实些。

这两对，都不是神仙眷侣，只是乱世相依的柴米夫妻。最艰难的日子里，妻子作为被连累的家属，都没有背弃对方，虽然也时不时发些牢骚怨念。美棠是个小暴脾气，写信写着写着就发脾气："我气你，我越写越气，我气死了！"

他们就是我，就是你，就是每一个普通人，不过是在颠簸乱世里，拼命守着一点光，和对方搀扶着走下去——对了，他们身上都有一种习惯，向光，喜欢谈高兴的事。

这些事，又有什么大不了的呢？并没有，只不过是对生活有着不灭热情的人，顽强地寻找金沙深埋的一点光。就好比汪曾祺写食物，不是什么自家喂野虫子养的小油鸡，到了十八个月，捏捏脖子骨硬朗了，才让家厨下锅的谭家菜；也不是用后院的白皮松，闲闲熏上半个月的香肠。不是这种贵族家庭的闲情美味，透着大家族锦衣玉食的矜贵底纹，像刘姥姥咋舌的茄鲞："我的佛祖！倒得十来只鸡来配他，怪道这个味儿！"他写的，不过是清贫读书人解馋的家常菜：老北京酒坛子边的拌菠菜、扬州早茶里必点的大煮干丝、昆明的干巴菌之类，材料易得，操作简单，但这些家常菜，就像他笔下苏北县城的平民故事，给人间送来了"小温"。

汪家是薄有资产的读书人家。汪父是个怜老恤贫的乡绅，在灾年会为灾民募集善款，他也长于书画吹乐，汪的艺术才能应该是受其熏陶。他是好父亲，对孩子像朋友一样平等相待，穿着长衫和孩子们在麦田上狂奔放风筝，在儿子写情书时瞎出主意。我觉得汪父有爱商，可以做参谋——他在妻子死后，给她糊了四季衣服烧去。汪父说，衣服是纸糊的，但能分出羊羔、灰鼠和狐皮……可见手工精细，更见其用心和对女人的态度。战时汪曾祺绕道越南，赴西南联大求学，汪父巴巴地给流亡中的孩子炒一袋虾松寄去，就是这样切实可嚼的暖意。他的方式也传承给了儿子，汪曾祺也是个温暖的父亲，被孩子们亲昵地称为"老头儿"——近代有几个父亲为我所喜爱，张家四姐妹的开明父亲，汪曾祺的父亲也是一个。

四、草木一生

他是最长于写植物的作家之一。

作家写植物，有几路。一是格物考，结合古书进行考证，力图在现世中对位，体味古人之情思。巫气弥漫的古楚地，芳草鲜美的水岸边，长着江离、蘼芜、泽兰各种香草，而在中原之地，秋意已然漫山遍野，白茫茫之中轻盈地跃过一只小鹿，早晨清凉的古中国，缓缓苏醒过来。二是描摹花木生活，以植物寄情，在红尘中安顿身心，种花莳草，以草木作为归隐之道，比如晚年以稿费盖了紫罗兰小筑来隐居的周瘦鹃，日日种花、看花、写花，用他自己的话说是"我性爱花木，终年为花木颠倒，为花木服务；服务之暇，还要向故纸堆中找寻有关花木的文献，偶有所得，便晨抄暝写"。三是一种继承古代花道，以植物作为人格修养提升的路径，买来各路插花器具，借此丰富自我的美学涵养，以插花来抒发情志、颐养身心。还有一路，是沿袭西方自然作者的科学考察路数，以科研精神探查植物，用各种生物学理论理解植物的生理现象，结合日常生活所见，体味植物之美。

而汪曾祺的植物心性，与其说是人格喻体，莫若说它就是本体。他就是一棵植物，欣欣然向光，悠悠然临水，风来迎风，雪来承雪，承受也享受着一切。安贫乐道，枯荣自守，静观微物之美，知世上苦人多，记得要送小温，并且心怀桃源。

金陵城号称中国最多难的古都，自古战事频发，能逃过战火的是砖建筑。每年我站在渊默沉静的无梁殿前，看那些璀璨至极的古银杏树，那一树的碎金总会晃得我眼花。这是老树，民国无梁殿的资料里就有它的照片，当时它们还腰身窈窕，面目青青。这时我总会想起汪曾祺说的"报春花放在老房子的背景前是好的"，继而领会到我城处处古庙颓圮前的金叶，也特别粲然，就这么一句话，影响了我的植物审美。

他笔下的植物，既与日常生活有着亲密关系，又高于日常。他写小时候和姐姐摘梅花，梅花枝多，要采旁支逸出、花开一半的，这样插瓶才有韵致，又开得久。再配两支南天竹，就有了古画的韵味。一路携香枝回家去，那就是一首诗了。这是过日子的香甜。还有上文提到的，他写有两排木香长在老家运河两岸，搭枝成头顶的花棚，再回去问，老家人都说没有——这花枝架成的廊桥，恍如梦境，这就是《桃花源记》啊。神经学医生奥利弗·萨克斯曾经提出过一种"假性记忆"的说法，就是有时人会改造自己的记忆而不自知。同样，看《大森林里的小木屋》时，也有人质疑年仅三岁的怀德如何能对西部大迁徙中的童年往事历历在目？可是那又有什么关系呢？儿童常常会有假性记忆，其实这是想象力的一种，这以美感深耕出诗境的潜意识，是整个人类的精神花园。

※

儿童的季节

*

诗意地理解生活，理解我们周围的一切，
是我们从童年时代得到的最可贵的礼物。

最近，读了很多可爱的文学书。薄薄的早凉笼罩周身，整个人一点点澄澈起来，慢慢地沉入那些干净明亮的文字之中。像是徐徐喝进一杯凉水，洗心、洗肺、洗眼。

怀德的小木屋系列，这套书按主题被分类为拓荒小说，背景就是当年美国的西部垦荒史——1862年林肯颁布《宅地法》，根据彼时的政策，拓荒者登记耕种之后，即可拥有土地。书里的主角，小姑娘劳拉的爸爸，就是这样一个四处开垦荒地的拓荒者。他有着褐色的眼睛，大胡子，能识别马的脾性，唤得出各种鸟兽之名，会种植各类农作物，也会自己砍木头、造木屋，刨平了木块做地板，还会给太太雕刻搁物架。晚上，如果仍有余力，就拉起小提琴，用脚打起拍子，和太太、女儿们一起欢歌。

他不是一个人，而是一类人。过去我们一想到牛仔，就是一个闲闲骑在马上、歪戴着牛仔帽、腰上挎枪、手上挥着鞭子的形象，背后是落日扬尘，这类人都是单枪匹马没有家眷，从根本上来说，他们是家、秩序、安全感的对立面，但这经验都是得自西部电影。事实上，垦荒者确实有一颗向往诗与远方的浪子心，但是，他们既有家庭也有亲戚。怀德的爸爸妈妈非常相爱，他们在迁徙途中还生了她的妹妹们，也常常和姑姑、奶奶、爷爷在一起做枫糖、开舞会。

写这个记叙儿童生活的系列作品时，1867 年出生的怀德老太太已经六十五岁了。"六十年前，有一个小女孩，她住在威斯康星的大森林里……"徐徐开腔的老太太，以儿童之眼初见天地，豁人耳目，一草一木皆欢喜。能拥有这种保鲜能力的人，都是写作天才。正如俄罗斯作家康·帕乌斯托夫斯基所说："诗意地理解生活，理解我们周围的一切，是我们从童年时代得到的最可贵的礼物。要是一个人在成年之后的漫长而冷静的岁月中，没有丢失这件礼物，那么他就是个诗人或者作家。"

关于这点，恕我饶舌，再举几个例子：叶广芩的《去年天气旧亭台》与她写的儿童作品"花猫三丫"系列，形成奇妙的互文。书的人物及主题都是类似的，其实就是"一鸭两做"。童年的胡同、小伙伴、古都遗迹，在儿童作品那里，是童心的明亮如拭，活跃萌发似春天；而在《去年天气旧亭台》中，却是老年人隔着一生回望，暮霭沉沉，不见来时路，天凉好个秋的惆怅。这两本书，有春日和秋夜的温差，我讶异于作者的心里原来住着两个季节。

又比如佐野洋子和托芙·扬松，也是同时从事成人文学和儿童绘本创作。和洋子同年（1938 年）出生的西西老师，曾经用儿童视角写过《候鸟》，一脸稚气地记录了战乱中的童年。这本书最有兴味的是那种拟态，整本书都是小孩口气。她这个拟态做得非常逼真，小朋友看不到国破流亡，她的眼中只有新房子、新地方、火车汽车上的好玩处，与日常不一样的别趣，语言非常口语化，没有浮辞丽句和饰语，且时有反复，就是小朋友非线性的童稚表达，不是故意拗成一个童音，而是心怀春日迟迟的童年感。

同以上这些作家一样，怀德心中也永葆着一个儿童的季节。

怀德笔下的西部拓荒生活并不是田园牧歌式的小清新，更不是那种都市人周末体验"农家乐"的闲情，它充满了苦涩和艰辛。看似甘美宁静的生活，其实底色是艰苦的：爸爸是一无所有的拓荒者，真正是白手起家，房子、门窗、地板、家具是用林间砍来的松木做的，地板是砍下现刨的，餐椅是树桩，床是稻草铺的，糖是枫树炼的，扫把是柳条捆扎的，黄油、奶酪、火腿、熏肉都自己做，布料很珍贵，孩子穿旧的衣服，妈妈会改造成窗帘，更破时再改成抹布，物尽其用。除非铁钉、铜插锁这类工业产品，才会进城用积攒的兽皮去换。

但是，苦日子里也满溢着幸福感，为什么呢？就是因为在儿童的季节里，有来自内心的光源。

小姑娘们期盼着圣诞礼物。结果，一个好心的叔叔真的冒着大风雪捎来了"圣诞老人"的礼物！一块美丽的蛋糕啊，劳拉舍不得吃，舔了下蛋糕底，这下蛋糕表面看上去就还是完整的。

有一次，爸爸进城卖兽皮，回家打开一个小纸包，原来是两块玻璃！玻璃属于提升家居美感的奢侈品，姐妹们开心坏了，第二天就能在亮亮的厨房里吃饭了呢！玻璃当然比木窗透光，妈妈做的黄油涂在玉米饼上，金灿灿的，煎好的培根也好像更亮了呢！爸爸妈妈好能干啊，我们怎么这么幸运呢！这在阳光直接照进来的明亮房间里，吃着妈妈精心准备的饭菜，真是幸福啊！在成人眼中，这是多么不足称道的微物；对孩子来说，却是盛大的快乐。这种以微见著的放大化的感受力，是儿童特有的。成年人的心往往会被粗糙的生活给磨损掉，失去精细的感知能力。正是这种于细腻感知中觅得的幸福，给劳拉储备了一生对抗命运严寒的勇气和力量。

　　然而，爸爸仍有一颗不羁的心。一旦大森林里人来得太多，喧嚣和嘈杂起来，爸爸会果决地离开，把全部的家当装上马车，趁着密西西比河还没解冻，渡过冰河，急急地赶往印第安人聚集地，去伐木、狩猎，建一个新家。从1869年到1888年，劳拉一家在西部开发热潮中迁徙往返过很多地方：堪萨斯、达科他、威斯康星、艾奥瓦、明尼苏达……只要爸爸一个起兴，妈妈随即就会温柔追随。在迁徙途中，一家人随处留宿，毫无怨言地承受着种种生活不便。妈妈打来清凉的溪水洗涤，在阳光下晒干衣服，即使是无家的日子，女儿们的衣服依旧有阳光的清香。

　　物质的匮乏激发了创造力：挖空的树桩拿来熏肉，用旧的锡盘可以擦萝卜丝，刚炼的糖汁浇在雪上就是大森林里的冰激凌，小朋友们吃得开开心心。我最喜欢看劳拉写爸爸干农活、妈妈做家务的那些片段：冬天做的奶酪颜色不黄，而妈妈喜欢餐桌上一切东西都色泽优美，所以，她放了胡萝卜汁进去。妈妈努力地用很少的钱打扮着家和家人，一家人的衣服是她做的，草帽也是她亲手编织的，女儿学着妈妈的样子，也给洋娃娃编帽子，连玩具配件的钱都省了。

劳拉只有一个玉米棒裹着布充当娃娃的玩具，家里只有两本书，却足以让她浮想联翩，编出各种故事自娱自乐。简陋的物质却可以搭建出斑斓的心灵景观。法国童书作者艾姿碧塔，在战争时期度过童年，物质稀少。她觉得，在儿时，一段无意听到的歌谣、一张明信片都充满了无限神奇。而现代儿童，卧室里堆满了塑料制品、毛绒玩具、教育器材。然后，艾姿碧塔说道："我童年时代所拥有的心灵器材，却被淹没了，从前孩子们所酝酿创作的，现在已经委由他人制作。"也就是说，过度的物质、精神成品的挤压，使孩子们的思考变得被动了。

孩子们像随季节迁徙的候鸟翼下的小鸟一样，在父母温暖的庇护之下不再害怕远处的狼嗥，只要有爸爸，甚至也不用怕屋子外围上来的一圈狼群的绿眼睛。而某一天，到了一个水草丰美之处，爸爸即兴拍板："就是这里了！"他们就停下来，卸下车板，到林子里砍木头来建房子，搭起床架，用藤条编织摇椅。在爸妈的巧手中，砌好的壁炉开始冒烟了，养的奶牛也可以挤奶了，采摘的蓝莓又可以做果酱了。啊，生活是多么美好！

小孩子那单纯又对父母充满信任的心啊。感谢这童心，这孩童式的诗心，它们拯救了艰难的生存困境，抚慰了让人精疲力竭的劳作。而这颗被温情浸润的心，牢牢地把这些最细碎的暖意存住，在日后的人生中成为源源不断的精神补给，到老了，这些春日暖阳般的温暖，还从笔尖流向纸页，又传送给读书的我们。

现代的我们，打个电话就有现成的吃食送上门，所有的购物欲都可以一键实现，无论聚会或是谈恋爱，最后都是人人对着自己的手机。可是，那一家人胼手胝足建造家园的热情、围炉相拥听曲的亲情，却再也难以看到……后来劳拉长大出去工作，看见别人吵闹不休、懒于收拾的家，才知道自己毫不奢华却温暖祥和的小木屋是多么美好。在怀德笔下，常常出现"小屋"的意象。这个小屋，是《大草原上的小木屋》，也是《大森林里的小木屋》。小屋是儿童眼中的天堂，它坐落在荒凉之地，或草原或森林。在暴风雪堵门的日子里，暖和的屋子隔开了雪、陌生人、恐怖的树林，身边睡着爸爸和妈妈，还有勇敢的大狗，劳拉什么也不怕。

"小屋"这类文学意象时常出现在儿童文学中。又比如《柳林风声》中獾先生的家，在风雪迷途之际，湿透的河鼠和鼹鼠躲进獾的地下居所，它们在暖炉边烘干了身体，畅快地聊天、喝酒，再钻进暖烘烘的被窝。

小屋里总是储备充分的食物：在劳拉家的小木屋阁楼上，挂着爸爸捕来的鱼做的咸鱼干、妈妈腌的火腿、自制的奶酪，地窖里还有自家种成又晒干的蔬菜，而《柳林风声》里獾的小屋也一样，"厨房的椽子上吊下火腿、一筐筐鸡蛋、一串串蒜头，还有土豆、苹果……"小屋是饥寒的对立面，也安抚着敞开空间（比如劳拉穿过的茫茫大草原）带来的恐惧感，让孩子有回到子宫的安全适意——这些描述，带给读者愉悦的官能体验。小屋，就是家的图腾。而家，是劳拉汲取力量、对抗外部伤害的港湾。家，不仅是具体的建筑构件，也是抽象的精神空间，它萦绕在每个成员身上，也连接着他们，供他们终身取暖。

*

心安处，就是家

*

音乐是他们的语言。

他的手，弹出他的心，又直通她的心。

给韩剧《密会》做的笔记：

如果男女主角颠倒一下性别，则故事比较俗套——一个长着东亚男性普遍热爱的低幼脸的纯情少女，用闪闪发光的才能和灼热爱情，涤荡了一个油腻老男人蒙尘的灵魂。这类故事满大街都是，与之相应的情节对角线上，往往还得安置一个大胸妖娆的心机女，机关算尽，最终败于纯情，与女一号角力、平衡，充当暗色背景板的反衬目的。

然而，在本剧中，心机密布的老狐狸是女人。惠媛拥有此类传统剧中男性才有的社会资源、地位、钱财，而爱上她的快递小哥善宰，一个眉目青涩的少年，倒是穷得"差不多只剩下自己"了，没钱、没社会经验。在他生命的前二十年里，只有单身抚养他长大的清贫母亲、两个中专时的好友以及收快递的用户，他没有见过豪门大户，害羞、胆怯，甚至有点瑟缩。在惠媛面前连完整的外文单词都不敢说（惠媛是耶鲁的高才生）。

但是，善宰是一个音乐天才。

惠媛眉眼清秀出尘，但其实很有几分男性气质：硬朗、刚性、冷静，根本不屑于男女之情这类玩意儿。她野心勃勃，从二十岁起就想方设法挤入豪门，灵活地周旋于那些拿她当家奴使唤的有钱人中，获取了豪宅、豪车、社会地位。善宰第一次见到她的时候，如见天人一般瞠目结舌。女神和快递哥，简直是云泥之别。

在投身名利场之前，惠媛是钢琴系的高才生。虽然不惜一切挤入上流社会，但是在她心中，永远都是"谁都别狂，音乐最大"，发现了好的音乐苗子，她把他给了更惜才的师兄去教（而不是教授老公），以至于被后者抱怨肥水外流。本剧中的音乐元素，是重要的叙事要件——一切乐声皆情语。

善宰对着厉声拒绝他的惠媛，直接让她坐下来听他弹琴。他弹巴赫的平均律，镜头随着惠媛的眼神，追拍到善宰穿黑袜子的脚——这首曲子，要踩踏板控制泛音，但善宰没踩。惠媛不解，善宰说感觉就是曲子让他这样做。午夜辗转无眠，惠媛心中回响起这段无比温柔沉静的乐曲，忍不住自语道："真是这样啊！"一个只在社区学过读谱，跟着网站视频练钢琴的贫穷孩子，心灵却直升到高贵的音乐神殿。

音乐是他们的语言。他的手，弹出他的心，又直通她的心。

有段时间情势紧张，他们无法见面，善宰整天弹勃拉姆斯，以指尖倾诉思念（勃拉姆斯爱上了年长他十四岁的师母克拉拉）；他们并肩弹莫扎特的双钢琴，被彼此的琴声逗得哈哈大笑——他们用音符而不是言语说笑话；他们最激情喷薄的时刻，不是肉身短兵相接，而是四手联弹时，那一脸酣畅后的力竭，像一场情事刚歇。

惠媛出事后，男孩的朋友来劝他远离这个名利场上的女人。他笑而不语，让他们坐下来听他弹琴，是那首带着撕心裂肺悲伤的拉赫玛尼诺夫，好友听完默默走了，也不做他的思想工作了，音乐已经让他们理解了善宰的痛苦。惠媛在聚会上和老公假恩爱，善宰悲愤地弹着愤怒版的小星星变奏曲，惠媛痛苦地捂住了耳朵。惠媛入狱，善宰每日早起弹《A 小调回旋曲》——回旋曲是带有即兴性的，有抒发空间，用善宰的话说就是：

A 小调回旋曲

我弹奏着这首曲子开始自己的一天

无论阳光明媚还是刮风下雨

无论心情好还是忧郁

每天都把当天的话说给您听

而且告诉您这就是人生

这就是莫扎特的秘密

虽然有些低沉但绝对不是绝望

悄悄地看看吧

用心去看然后试着去爱吧

他就是这么说的啊

惠媛的心啊，总是彷徨不安，既想逃离耗尽心机的今天，又期待看不见的大雾中的未来，可即使抵达了明天，会不会又是一个泥泞的今天？而艺术和爱，它们如此通心、解心、醒心、护心，它们能让羞怯小孩瞬间成长，让世故熟女剥落心机，它们能催发出如此壮观的勇气和力量，这是本剧每每让我泪目之处。

善宰无心攀附权贵，就算见到意图培养他的财团理事长，他也木讷走神。他眼睛里只有钢琴和惠媛，他向往的生活就是像里赫特那样，拖车上放着旧钢琴，和爱人四处去演奏，只有他俩和音乐。可是，善宰不愿意闭目享受惠媛给他过滤过的所谓清净世界，无论怎么爱惠媛，他也拒绝和一个与利益集团合污的女人在一起，也正是他的光明磊落，才把惠媛从名利的泥沼中拖了出来……在爱情中，一定要保有清明的自我，也是为了及时校正对方，这就是爱的营养性。

反观惠媛的老公，年纪、阅历、地位都与惠媛相当，然而他内心是虚弱的。他总是立场晃动，遇事摇摆，平时躲在老婆后面混，没老婆做主就去找周易大师。所以，撇开表面条件，从内在来说，善宰才是和惠媛精神匹配的人。所有人都有点畏惧不怒而威的惠媛，只有善宰心疼她，恨不能立刻长大，壮大实力好去保护备受豪门欺凌的惠媛。只有他，才能给惠媛一个"家"。

惠媛和老公的家，奢华却没有体温，惠媛常常要喝杯咖啡、打起精神才能进门，因为和老公也得假笑虚言，对她来说，"家，就是另外一个职场"。他们一起吃饭，老公穿着定制西服，小提琴声如水般流淌，惠媛优雅地小口进餐，场景很高级，可是他们两人却在谈判利益分割，表情也都是角力中的紧绷。而在善宰的家里，虽然屋子是破的，薄门挡不住老鼠，楼道昏暗，随时可能摔断腿，可是碗盘都洗得干干净净，地板也擦得发亮，它们都对惠嫒张开了褴褛却温馨的怀抱。这才是"家"，不仅是物质空间，更是"心居"。惠嫒那颗浮游物般漂泊无依的心，终于有了固定住所——"家"这个字，从字形上拆解，就是屋顶下一头猪，嘿嘿，话说人在家里心情最放松，确实像一头吃喝不忌、倒着躺着的快乐小猪啊。惠嫒和善宰一起时老是饿，她很没吃相地大口吞泡菜，蓬头蹲在天台上吃泡面，两个人在一个锅里舀汤，惠嫒却吃得很香。

她说自己"生来就四十岁了"，不管是检察官抄家，还是上司失控打她，她都毫不慌乱、应对冷静。她的几次崩溃、泪流满面，都是在善宰面前。在他这里，她不用戒备和攻防，她可以把螺丝全旋松，让真正的自我流出来。她知道自己会被收留和安放。

结局是开放性的，大家都不知道惠嫒出狱之后他们的前景如何。这又有什么关系呢？生命终究只是一场大的接送中套着零星的小接送，遇到一个彻底改变你生命质感的人，结果如何，已经不那么重要了。惠嫒自首入狱服刑之后，她总算可以得到良心大安的下半生，而善宰则更深邃地理解了生命与爱。这就足够了。

※

飞翔的秘密

*

佐野洋子处处都"不正确",但是处处都"对"。

这个奇妙的落差,造就了原始生命的生机勃勃。

我差不多读过佐野洋子(我能找到的)所有中文版作品。像很多的热情读者一样,一旦迷恋上一个作家,就会四处找寻和收集她的文章。完整的文本当然不能错过,哪怕是只言片语的断章、对话集,我也找来看了。

老太太有种潇洒的痞气,下笔帅死了。摘抄几个标题给你们看看:《漏水的茶壶没有明天》《因为是大屁股的勤奋者》《我可不那么想》《不是这样哦》《母亲穿着石膏味的白鞋去哪里了? 》《暂时不想参加葬礼》……有一篇刚写开头,她尿涨去上厕所了,接着,尿完她就开始顺势写起小便来了！她写她小时候，在泥地上随意找一处小便，尿出一个小凹处，蚂蚁爬进去淹死了，后来干脆直接找蚂蚁窝尿。然后小哥哥也跑来了，挤开她，掏出小鸡鸡，把尿也准准地尿进那个小蚂蚁窝里。

这个小哥哥有一双很大很深的眼睛。他在十一岁时因营养失调而死。晚年罹患癌症被切了乳房的佐野洋子，又开腿坐在马桶上，想着和她一起抢蚂蚁窝尿尿的小哥哥，记忆永远停滞在童年。一个将死之人，怀念六十年前死去的人，没有一丝贫弱的感伤，只是想着："真想找好多蚂蚁窝给他尿尿啊！"

她的写作真是肆无忌惮，全是信手拈来，常常写着写着就这么走神了，一点都不照顾读者的阅读线索，文思像个走路的小孩子，忽而跑在你前面，忽而随后，忽而又不见，然后你没法真和她生气，甚至最后我发现，她的走神处，居然都是她的最可爱处。

她从心到口，都是一条直线（一般作者面对想象中的读者，要不断避让道德暗礁，做路线调整，害怕三观不正，触怒读者；又有一部分写吐槽文的作者，是专对着怒点写，以博取眼球，而佐野洋子是压根就不把读者放在眼里）。她就像某种歌手，往台上一站，就是一副"老子怎么唱他们都会喜欢听"的气势。我一边读一边骂：

"你真敢这么写啊？"太安全的写法，往往乏味，她这个痞子气，倒像是一种又萌又坏、童言无忌的小朋友，带着反派的迷人感。

但是，我在阅读她的文学作品很久之后，才开始系统看她的绘本。我几乎已经忘记：她是一个绘本画家出身，武藏野美术大学毕业，留学德国也只是为了进修版画。最近我在安藤雅信的书里看到，当年考美术大学并非易事，而佐野洋子的全部生活费是来自她那个脾气乖戾的寡母，可见她求学生涯颇为艰难。

第一次，我仔细地审视了作为画家的佐野洋子。说句实话，可能是因为学版画出身，她的笔触粗粝猛烈，而大多数为儿童作画的绘本画家，笔法都是非常清新柔美的，处处赔着小心，温柔地设下重重机关，力图以春风化雨，把爱与美植入儿童的稚弱心灵。

佐野洋子可不。她的画一点都不精致，看上去像只抓兔子的隼一样，凌厉地扑下来，完全不讲究动作的美感，却抓到了最重要的猎物，也就是作品的意义核心（其实，佐野洋子的文字也像她的画笔一样，没有精细的炼字，用词看上去简直是随手抓来的）。她那本一气写出、卖了几百万本的《活了一百万次的猫》，一直为人所津津乐道。

她笔下常常出现一种形象：似乎是个婴儿，光溜溜或穿得很少，肚子鼓鼓的（婴儿的内脏是下垂的）。又像一个文明开始前已经几十万岁的原始人：脸，是一张非高贵品种的野猫的脸，眼睛也像猫一样斜睨着、乱发如飞蓬——动物凶猛的兽力、辛辣老熟的智慧、婴儿的天真元气……合成了她的气息。

这就是她，每本散文集后面那个发声的女人，在中国出生，作为战败国遗民长大，哥哥弟弟都饿死病死，父亲早逝，母亲因此发了狂，动辄暴躁骂人，就是这样一个在粗粝破败环境中摔摔打打长大的野性十足的佐野洋子。我终于有了一张她的照片，不是在履历里，也不是在书籍扉页上，而是在她的画里。从此，我读她的时候，那个在我脑海中盘旋的被称作"佐野洋子"的形象，终于有了形，如魂魄找到了安放它的形。

佐野洋子的没心没肺里有着暗黑的核心，而这个多层次、多维度，才是她吸引我之处。

让我们从她生命的源头看起：佐野洋子的母亲，一点都没有我们默认的"母亲"这个身份概念下的柔情、温婉、护犊情深，相反，她硬冷、尖刻、寒气逼人，连我这个读者看着都发寒。

佐野洋子回忆中唯一的温情时刻，是母亲擦完发油，喊她过去，把多余的油分抹到她头上，也就是拿她当作一个移动卸妆纸巾。因为这是母亲和她唯一的身体接触，会让她无限回味……这个细节总是让我想哭。饿极了、渴极了，可是没有爱的甘露，一滴都没有。到老了，母亲痴呆了，变成了佐野洋子的孩子，那温情才一点点生出来——她不爱母亲，因为对方如同爱的绝缘体，一个铜墙铁壁的冰窟或冰冷光滑的井壁，根本无处去进入，去落脚。

有种说法是，把佐野洋子面对癌症的潇洒理解为英勇斗癌魔的乐观无畏，就像当年把麦卡勒斯塑造成一个身残志坚的美版张海迪一样，怎么可能合适呢？佐野洋子根本就不是心灵鸡汤倡导的阳光积极的形象，她自小就近距离目睹死亡，一次又一次。幼年，她作为战败方眷属在中国度过，她最爱的小哥哥死于配给不足的营养不良，弟弟也紧接着死去，还没来得及长成一个成年人的模样。她在半夜翻过无人的山丘，穿过漆黑的荒山，去拍医生的门，眼看着母亲被一个接一个死去的孩子刺激得狂哭。她太清楚，就算人死了，来年的花也会继续开，星星会发光，雨会落下，没什么了不起的……这是她从小积累的生死观。

佐野洋子长年患有重度抑郁症，临死前她和医生讨论死后事宜，也带着一种疏离的不在场感，好像死亡是隔岸的。她们就死亡做了一个对谈。医生说："有太多人对死亡毫无概念，所以你要多写一些关于死亡这件事的文字。"佐野洋子说："我也是因为自己快死了，才有了一点经验。毕竟是第一次（死），我也想好好观察一下。"她诚实地记录着自己最后的时光：医生说她还能活两年，她立刻一掷千金地买了跑车，结果过了两年还没死。她想："怎么办？钱都快花完了……"化疗掉头发，她剃光头，对着镜子照照："顶着这张脸过了几十年，我真是坚强啊。不过，秃头才知道，原来我的头型这么美！"

她那么成熟睿智，饱经人世沧桑，洞晓一切世情，像是她有一百多岁了；可是，她又那么新鲜勃发，好像昨天才刚刚出生，也像是她今年五岁。

她写过一本《五岁老奶奶去钓鱼》，说的是，一个老奶奶过生日，只有五支蜡烛，那就过五岁生日吧，第二天，老太太和她的小猫孙子去钓鱼，路过一条宽阔的大河，老太太站在河边，再一想："我是五岁啊！"哗，就跳过去了。

这个故事……什么嘛？有没有一点逻辑啊？但是，在佐野洋子这里，就这样了。她既不温柔也不讲道理，可是，没有人比她更对了。五岁？一百岁？本来就是"相形不如论心"。

又有一篇写她看杂志访谈，记录日本的老年人，不是勤奋的匠人，就是四点半起床的老太太。"还有八十岁的老先生，多年坚持照顾瘫痪的老太婆，"佐野洋子说，"也从来不说老婆的大便很臭，全日本都没有一个颓废不幸、对社会毫无贡献的老人吗？真让人沮丧啊……"我笑得半死，想起我和我的豆友们，辛辛苦苦地避开"公知"堂皇讲演的微博、密布励志鸡汤的微信朋友圈，只想躲在豆瓣网，来个精神上的"葛优躺"，理直气壮地发牢骚。

佐野洋子处处都"不正确"，但是处处都"对"。这个奇妙的落差，造就了原始生命的生机勃勃。我们内心被禁锢的某种真实感，被她打开和释放了。痛快淋漓！终于有人敢大声地发出心声了。

不仅是她，深想一下，汪曾祺作品中有人情味的老鸨，契诃夫笔下善良的囚犯，毛姆书中纯洁但寡情的少女，特吕弗镜头里永远的三人行……这些都"不正确"，但是"对"。这些故事或电影情节如行云流水，有种自身的生长逻辑。故事不吻合道德律，谈不上行止端正，但能符合情节发展规律，即：以人物的性格，在当时的剧情走向下，只能发生这个行为。

最好的文艺作品，都是"对"的；最难看的，都是"正确"的。那些"正确"，不是在真实的土壤中长出来的，而是在道德护持下由逻辑和思辨推出来的漂亮的思维体操，它们相当于真空条件下的实验室数据，在生活中根本没有实操性。在辩论中，"对"打不过"正确"，"正确"一脸凛然地站在道德高地，雄赳赳气昂昂地教训别人。"对"的声音很微弱，可周围的人越聚越多。

佐野洋子是个天才。

天才是什么呢？大约有这么几个特点：忽大忽小，天才都是把一颗老灵魂，混上一颗童心，糅为一体，她就是"五岁老奶奶"，五岁哦，但又是老奶奶；无翼而来的天分，看不到清晰的成长线，所谓"提笔即老"，麦卡勒斯、张爱玲写出最成熟的作品时都只有二十多岁；不是技术化的、均质的好，就算水平发挥有起落，也不影响它的光彩，也就是说，即使在她写得不好的文章里，那种天才的气场、闪闪发光的只言片语，仍然能把整个黯淡的文本照亮。

近年来鸡汤盛行，佐野洋子和树木希林一样，也属于被鸡汤化误读的一拨人，但事实上，她们的价值就在于"不规则，不标准"——我怀疑，她们的答案中也有疲倦松懈时的信口乱说，在她们的对话录、访谈录及文章中，时不时地也能看见前后矛盾的表达和立场。佐野洋子的儿子说，他妈关于他的回忆都是虚构的，根本不是他记忆中的事实。还有人（忘记是谁说的了），说是《静子》中洋子和母亲和解的段落，也是假想出来的。

我觉得这没什么问题。这就对了嘛，活着，又不是每天参加一次高考，酷，也不可能是一张打铃收卷的答案纸。快节奏时代的酷，是综艺节目里应试作文般的酷，心里是一个答案，交上去是另外一个，因为都知道什么行为会加分。比如你要做情感专家，给人家提供人生指南，你就必须强调男女平权、亲人和睦，等等。这都是应考大纲，无关个体当下鲜活感受和真实的经验积累，必须持这种态度，才能迎合读者，就和提供对口服务是一样的。这种活在他人判断体系里的酷，不是真酷。

佐野洋子说："我讨厌所谓的正义，无论是向左向右，还是向上向下，还有斜的。"我相信她也特别讨厌一成不变、心口不一的标准答案。她的酷，不是经过思想整容、形状工整的酷，像意见领袖喊口号、鸡汤文写手写语录那种，她就是把此时此刻的心理，包括即兴想象出来的心理事实那张答案纸直接交出来。童言无忌，重在简单直接，催生的答案亦如此，没有两张答案纸可言。

她并不掩饰衰老、疲沓和倦意。佐野洋子长年罹患重度抑郁，她说要没有儿子她早自杀了。她被生活折磨和消耗，也没有过剩情绪引发的战斗激情。年轻化的力量感，多半表现为一种戾气横生。

而她的力量感，是更丰富、浑浊、有时也会有来回踱步的成年质地
的酷。

　　鸟儿何以能飞得高飞得远？因为，它们的骨架是中空的。如果
你想得到真正的自由和广阔的远方，一定不能背着两张答题纸，那
样的话，自重太大了。真正的酷也是这样的，在放松之中，达到生
命最严肃的内核。她粗粝的画笔、看似信手拈来的文字，应该就是
这样。

　　✳

读书为何

*

灵魂从视野狭小的底层爬到了高层，

人就慢慢走向了开阔的高处，

"小我"谦卑收敛，继而获取无我的力量感。

出门接孩子放学，把看到一半的西西老师的新书反扣在桌面上。回家后，我妈对我说她也翻了两页，很喜欢作者的表达方式，我说是啊，她一开口，无论说什么，我都很愿意听。她是写长篇小说的人，必须克制沉着。她的行文速度、缓缓道来的耐心，宛如春风拂面，不是那种高压输出观点，气势汹汹、挟带一股凌人的寒气，让我有一种被尊重的感觉。

我继续说："包括在网络上，每个热点新闻出现时，我都特别希望有优秀的一线记者能去实地做个翔实的访谈，多展现一些真实的人事视角，或者是长期关注该领域的专业人士能提供一些精确资料，而不是一些蹭热点的网红在那里发言赚流量。基本的分析能力大家都有，缺的是可供分析的事实，而基于错误、片面信息的分析讨论，又有什么意义呢？包括辩论，即使以气势压人，用辩论技巧让人口服，也不是心服。如果对方能发自内心地认同你，多半是因为他有和你同等高度的体验。而随着人生体验的丰厚，本来持异见的人最终也会被说服，他是被体验说服的。"

所以，为什么要多读书呢？因为，阅读便是增加体验维度的一个路径——我说的不是快餐式新闻，而是书（包括电子形式的）。就是必须拉长快感反射弧，慢慢去体味和理解的精神载体。

比如小说，它是最接近生活的文体，包括它呈现事情的流速、裹挟很多生活碎片的包容度、多人物切入的视角。最重要的是，它传达观点、知识的那种方式和生活教化人的方式一模一样。你想搞明白一些道理，看一本浓稠的格言语录集，远不如看小说的效果好，就是因为在小说里，你可以代入另外一个人，观望他的内心风景，走一遍他的心路，预演一次他的心理历程，这样，很多道理不言自明。也就是，体验是最好的学习和说服。

但是，文本分类不是绝对的。前阵子看《海鸟的哭泣》，这书可以说是科普读物，也可以当小说看，如果人类放下万物之尊的倨傲，像导盲犬那样学会以他者的立场来思考（它必须以盲人的角度判断障碍物，狗能通过的矮门人未必能），就会发现海陆空三栖的海鸟，其生活很有情节感，这样说来，这书就有了小说的质感；它也可以当哲学书来看，里面有很多对生命的反思；还可以当科学史看，知道早年没有 GPS、跟踪仪、航拍这些现代设备的科学家，是怎么风餐露宿，蜷缩在酷寒的海风中记录鸟类活动的，感佩他们对生物领域的贡献。

包括手头这本西西的新书。我小时候读李方的《天涯猎户星》，里面有很多关于星星的小故事，我特别喜欢这书，把书都翻卷角了。我很好奇里面那种观星的工作，真浪漫啊，上班就是夜观星象，"漫步在头顶的星群之中"，还可以用心爱之人的名字命名新发现的星星。受此书影响，长大以后，我买房都买在紫金山天文台脚下了。没想到啊，几十年之后，我"女神"还真写了本关于这个工作的小说，年前得知这个出版信息，我嘴巴半天都没合拢，太吃惊了。整个年假，我都在静静地等着这本书，像守着藏在口袋里的一颗糖。这书是小说，但也可以当天文史看，也可以当历史书看，且可以当服装、建筑史看：龙袍纹样、故宫古建群在书中都介绍了，甚至可以当作宗教传播史看：清代钦天监的监正和监副都是洋人，最早是来中国传教的。

又比如这几天读的黄永川，他是明式文人花研究者——生活美学这块是近年出版大热门，《瓶史》之类的也被注析重做过多次，这本是黄永川注本。插花不是一门孤立的学问，它是综合学养的产物。黄对古诗画皆有研究，常以诗意画境作为插花灵感，而且熟悉民俗，有年三月他的插花作品是以豆花、油菜花为花材，这是缅怀宋代春来时的"挑菜节"。有些人不是专业文人，但是文笔甚是清丽怡情，比如做名物研究的扬女史，还有研究中式插花的黄永川，他的插花史和古典插花研究书，我都是当散文集来读的。

还有手边的一本敦煌图案集，其中谈及的装饰图案内容实在精深，要通晓佛教、美术史、文学等诸多领域的知识，又涉及历史。比如谈及一五八窟时，书里说因为颜料原因，彼时石绿色使用减少，而转向了灰绿。我仔细看了下，这是一幅北朝的笔画，我想应该是当时战乱频频，西去帕米尔高原的路被阻断了，所以产于阿富汗境内的青金石无法获取，群青颜料是拿它磨制出来的。还有很多图案的创造，必须要有几何知识，它们是靠方程式推算出来的，比方说六边形图案就是个根号三结构，水晶花图案里面有个八次对称公式，等等。

林林总总，手边的书里就有数不尽的例子可举。

多读书，就知道世界的多元和丰富，而其中又有微妙的牵系，就不会急于判断，而是津津有味地观察。在视野里，让一个个具体而不是概念化的"人"呈现，就没有那么浅薄狭隘、非黑即白的是非心和占领道德及智力制高点的急迫轻狂。多读书，就是为了活在一种开放式的学习状态中，不断打破自己的认知桎梏，这样，灵魂从视野狭小的底层爬到了高层，人就慢慢走向了开阔的高处。"小我"谦卑收敛，继而获取无我的力量感。

※

纸游

*

它们走了那么远的路，

才用最妥帖的样貌与我们相见。

　　我周围有很多做书、看书、研习书法的人，常说用多少克的纸、什么质地的纸、哪种纸托墨，我耳濡目染，平日拿到书，第一时间都是摩挲纸张，感受纸书的肉身。好书还是要留纸版，就好比临帖时，有的纸吃墨，落笔下去，字全是绵实服帖的，有的则是浮墨。文章也是，有的文字就是吃人眼光、走心、抓人，有的文字，怎么描摹还是浮。有的文字充满即兴味道，看电子版就行，而有的文字行文速度慢、质感好、带有经营过的文字美感，看纸版更有效果。

　　因纸结交的故事也有。柳宗悦的《民艺论》里，刚看到写和纸的那篇提到一个"纸友"（这个词好趣怪），那"纸友"写了本关于纸的书《和纸风土记》，柳宗悦说"对和纸的崇敬与钟爱在他的思想深处根深蒂固，现在各地残存的手抄纸作坊，大概都接待过他的来访"。这个人原来是寿岳文章，写京都三部曲的寿岳章子的爸爸。

我一向对造纸史感兴趣——纸张承载交流与传播的重责，所以关于纸的书也是文明史、考古史、名物学、殡葬史（使用莎草纸的作品之一是作为陪葬品的亡灵书，帮助死者顺利抵达来世）。中、日关于造纸史的研究资料还多些，关于纸草学（特别是莎草纸研究）的资料却不好找。最近看了本研究莎草纸的《法老的宝藏》，起兴把古埃及圣书体那本书翻出来重看，有空还想去植物园看莎草。

平日读书，看到和纸墨有关的，会忍不住想抄下来，比如："新买的笔，笔尖有胶，恐为虫蚀，可先洗净置好。生纸平时也该包好，否则一经失风，也不堪用，但如把生宣晾在空中，时久质紧，叫'风纸'，作画又很好。墨质脆，如摔碎，可用湿墨胶合，晚上磨墨，不知墨汁浓淡，可置一镜子，反光后看出浓淡。"（钱松岩《砚边点滴》）又比如："连和纸也有岁时记。京都寺町二条有文玩和纸店，一家百年历史的'柿本纸司'，梅雨时独售一种名为'洛中之雨'的纸，纸色浓淡，一如天青之色，仿佛看见流滤之术，抄纸的竹帘在水中轻轻摇动，做出的纸在阳光下晾干，揭下。"

我一个中国人，都已经牢牢记住了 2011 年 3 月 11 日这个日子，那是东日本大地震发生的日子，因为它被太多人提到（坂本龙一、是枝裕和、隈研吾似乎都提过，并且从各自的角度进行了反思），也看到过不止一本关于它的文学作品，比如《巨浪下的小学》，海啸对生活的摧毁、人心的修复和城市的重建，被不同的人反复陈述。而《以纸为桥》是关于海啸冲垮的造纸厂。如果说小学意味着未来，那么纸张就是文明。整个日本百分之四十的纸张都来自这个公司，而它泡在海啸的泥浆之中，员工有些被冲走了家，失去了亲人，废墟是废到连个厕所都要大家用锄头开挖，而这样艰苦的重建，关乎人类对抗自然灾害的勇气和尊严。和《编舟记》一样，书里关于纸的那些段落真是动人啊。

《纸神》这本书，年前我就得到出版预告了，期盼已久。前几天小卢给我寄来了，我快乐地展读，有一篇附寄的短信，被折成了叶子。皮皮把纸折的叶子研究了半天，我说这是一个做书非常用心的阿姨折的。我一直记得《编舟记》里，纸张公司业务员和编辑们研究纸的场面，一张纸上有多少双手的调整、调色、打样……它们走了那么远的路，才用最妥帖的样貌与我们相见。我喜欢日本人写纸的书，里面有一种对生活本体的敬意，而不是空谈和理论高悬。

生活是努力活出来的，不是靠概念架构出来的。

因为是同一个采访者就"纸"这一主题的访谈合集，之前我还挺担心内容同质化的，但看了以后，觉得这个作者还是有巧劲的。首先，受访者半径大。谁能想到去找庭园设计师枡野俊明，问他平时用什么纸画设计图呢。而他的答案居然是硫酸纸，这样两张叠放可以看到设计改动处。如果是找三至十个纸业从业人员来谈，访谈结果不会参差多态；如果找三十个厨师来当然也不行，他们平时根本很少接触纸张。受访者的分布微妙，都和纸张有隐约的联系。还有一个受访者是纸艺家，拿纸做首饰什么的，她干脆在住宅旁边种了楮树。楮树生长迅速，她每天都忙着取树皮做纸（捣树皮、拿木棒捶打、日晒得纸），造纸模，创作艺术品，直接取眼前植物，从源头取活水（而不是用二手制成品）来创作，让活生生的生命汁液流动，让我觉得太惊艳了。2013 年国庆假期，我曾经带皮皮去看韩国纸艺展——妇人农闲时，把楮树去皮、蒸煮、晾晒，制成韩纸，用纸做成吹笛的牧童、牧童笛子上栖着的小翠鸟、腌泡菜，蒜瓣上还有点初萌的芽，非常精巧。

接下来就是第二点了，聪明的访谈者写文角度刁，泛泛的内容几乎没铺垫，直接剔肉见骨，小小的篇幅必须省着用，三两下，快步踩在兴奋点上，不浪费笔墨，也不透支读者的耐心。写文章真的体现智商。三是这书制作得非常精美，前后用纸都不同，亮白、偏灰发练色的、再亮白，翻完像是天亮了又黑、再天亮，好像在纸游中度过了一天。

＊

云中一雁

*

创作就是一个人的跋涉，无师无承，无依无傍，

就像一只孤雁振翅向云深处飞去。

给皮皮看安野光雅的绘本《三国志》——《三国演义》是小说，《三国志》却是历史。为画这本《三国志》，他历时四年，特地去中国众战事遗址做考察。

来看画吧！他坐长途车去了董卓被杀处，那里如今晒着黄灿灿的玉米；途经昔年吕不韦自杀的深山荒地，那里已变成了森绿梯田。又有次，他乘着摩托艇去画赤壁。在画册横版大开页的对开版面上，左页是昔日厮杀血战、火光映天的战场，右页是今日之夕矣，牛儿在河滩的田园散步，战火与静好，左右对峙着——这

个今昔对比，是这本书的基调。这个绘本，其实就是安野光雅视觉化的历史感喟。

看着看着，时空开始模糊起来，顺着他的画笔，我们遥遥听到赤兔马仰面长嘶，它奋力想救起主人，听到张飞一夫当关的震天长吼；也能听到安野光雅对着千载江山、浪淘尽千古风流人物的一声长叹。他不是司马辽太郎，也不是井上靖，他不是那种精研和复原中华史的学者或作家，他不过是个暮年的白发老者，这书是他用毕生行过的羁旅、阅过的人事、温热的生命体验，对这个东亚邻国历史的触摸和理解。

安野光雅的代表作《旅之绘本》系列，里面有他去过的美国及几个欧洲国家。安野光雅描绘欧、美、日各国的风光都有异质的美：英国如石质般稳重敦厚，意大利处处都是文化遗产。又比如他的《三国志》里，有些是以中式水墨来画中国山水。

安野光雅出生于1926年，他自幼非常喜欢画画，因为家贫和战乱，他没机会系统地学习。战时物质匮乏，寄寓他乡，他形容自己像株无根的水草，但是"哪怕是根水草，只要能画画就行"。他和油漆匠讨漆料，到处找食用色素来画。战后他游历各国，看人文遗址（画家故居、名画取景处），汲取精神营养，并在画中实践。他常常说，绘画唯一需要的就是喜欢，"至于技术是体验性的，在画的过程中自然就会了"。在《三国志》赵子龙那页上，我瞄到他盖了一个私章："云中一雁。"我想起这是他至爱的四个字——创作就是一个人的跋涉，无师无承，无依无傍，就像一只孤雁振翅向云深处飞去。偶有人会心，更多人不解，雁只长啸一声，渐行渐远。现在回头想想，安野光雅的自传叫《绘画是一个人的旅行》，简直是一种预言。

其实打动我的点是：作为惯以文字为舟渡时间之河的人，我对一个以绘画来思考、记录世界的人，生出了别样的好奇心——他的画并不是机械的场景复刻，而是将诸多人事在脑海里重新取舍组合了一遍。

这个随手可以举出很多例子。建筑大师柯布西耶在他的东方游记里画了很多旅行插图。我不是用这些图来观景的，而是从这些视觉旅行笔记中可以揣摩他的审美改向（这次东方之行的美学影响，在他之后的创作中逐渐显影），隐约摸出他建筑思考的脉搏。他的画三维感很强，可以明显看出对空间构造的解读欲望。另外，还有一本是动画大师宫崎骏的建筑画集《龙猫的家》（宫崎骏画下了他心仪的一些民居，就是龙猫想住的家），正好和柯布西耶那本反向而行，一个是建筑师的画册，一个是画家的建筑笔记。

即使同样是长于用光影来记录心曲的人，他们的侧重点也不同。

安野光雅对情境非常敏感，他的画中甚至可以看出空气质感。华北平原的空气干燥，士兵眯眼鬓乱，妇人用汉服宽大的袖子掩面抵挡风沙。而南下到了长江一线，江南的花树在润泽的空气中开出笃然的明丽鲜妍。

他素来就有一股日式较真劲儿。之前看他配图的《大森林里的小木屋》，还特地做了一段笔记："这次重读时，我留意到一些细节。比如这页上写家庭聚会，奶奶在做家务：里面提到'奶奶的针线筐旁边一个丁香果的清香'……丁香有香味但显然不是清香，再说它也不是'果'。后来我又对比书上配的图片，才恍然大悟。这个丁香果，就是我在蔡珠儿书里看到的'丁香橙'。'把一个橙子密密麻麻刺入丁香，风干后吊挂在衣橱或纱帐里，熏香兼驱虫，这就是欧洲老辈人的丁香橙。英国乡间的老房子，偶尔还留存了一两颗。原本甜柔的清香被时间磨损得灰黯浊重，但却和木器老家具地毯之味融合，构成老房子的亲切体味。就像我阿妈房里混合了百雀羚梳发油和十斤老棉被的味道。'（蔡珠儿）不得不感慨，插画师安野光雅对细节的考证功夫和精细写实。"

安野光雅的插画是有来处的，他做了充分的资料准备。

再说回玄武湖这幅画，我揣测他的取景角度，应该是玄武湖的东湖那带。初夏，那里会盛开一大片红荷。早上是水上运动学校训练的时间，运动员们大力划桨，教练乘着有遮阳篷的电动船在后面喊叫指挥，湖面回荡着雄性荷尔蒙的声音——自古这里就是吴国操练水军的地方，而远处的鸡鸣塔，也就是古代的鸡笼山、钦天山，观星机构"钦天监"即在此。那些看星星的夜晚、捍卫国土的热血都逝去了，南朝四百八十寺悉数倾颓凋零，繁花似雪的梅花山下埋葬了孙权，只剩青青随风旖旎的台城柳，"依旧烟笼十里堤"。

那就以此为例，来分析下他的风格吧。对比我拍的实景和他的画，可以看出布景不是精确写实。山景以水墨笔法蒙上了氤氲之息，鸡鸣塔被拉长，水面后退，山的体积变大，坚实而有力，形成明快的视觉冲击力，强化了题诗的寓意，也就是他心中的感喟。他想重现的与其说是"事实"，莫如说是"心理真实"。用他的话说是："我在小镇画画，但我画的不是小镇。"

曾经见过一幅画，是他重临凡·高取景的麦田，画了一幅麦田即景。我一看就笑起来，安野光雅版本的麦田都是清淡静谧的，全无凡·高画中熊熊烈焰般的滚热激情，画者的气质造就了心相——他是那么可爱的人，他有把心爱的椅子，到哪儿都带着，像身体的一部分。为了防丢，还特地买了一把备用，"这事得瞒着原来那把椅子。"他说，"我希望它相信，我可只有你一个哟。"怕椅子伤心的温柔老爷爷，怎么能画出燃烧的麦田呢?

他是白发童心。战后工作难找，他就做了代课老师，兴致勃勃地带着小朋友们做各种科学实验。有次他熟练地画出樱花剖面图，偏偏有个较真的小朋友幽幽发言："有的花好像没有雄蕊呀!"他也把花掰开看，确实没有!安野光雅随即去请教博物馆老师，后者说因为部分雄蕊进化成花瓣了!啊!啊!啊!安野光雅忍不住奚落起雄蕊："它就那么想当花瓣吗?完全遗忘了自我!"我大笑起来，和雄蕊抬杠的老爷爷，难怪他日后画了那么多儿童绘本。

看这张小镇速写就明白了。他写生精确但创作时感性，大声强调了自己对景观的感受。

很爱他画的一本野花和精灵的绘本，和我喜欢的杰玛·库门很像：杂草堆里的小精灵和花朵一样高，穿梭嬉戏在花间，"万物有灵则美"的图像版演绎，隐隐透出对环境恶化导致田园荒芜的忧虑。但区别是：英国姑娘爱画铃兰、雪滴花、菊科这种清雅的花，而日本老爷爷画的都是三色堇、瞿麦、风铃草、蒲公英之类不起眼的杂花野草，更多侧重对微物的怜惜之心。野花的根茎芜杂，他很耐心地一根根画出来，这里面，是对最微小生命的体恤。他用温柔的美来感化，而不是厉色教育。这点让我非常感动。

　　我找出之前写库门的笔记："杰玛·库门，最近喜欢的一个画家。她的画稚拙清新，消解了现实世界里的人、动物、物品的客观视觉比例，人比花小，熊也比花小，或者说,画者对大小完全不关心,因为，肉眼中的大小和心眼中的大小，本来就不是一回事。所有世间的秩序都不复存在，黑发女孩在银莲花下读书，小孩骑在白鹅背上，花茎间的小老鼠拿着望远镜看月亮。一切都是轻手轻脚的，花瓣温柔地贴向恋人、雨滴也轻轻地落在孩子的蘑菇伞上……他们是害怕惊醒一个梦境吗？"

　　奇怪的是，我看安野光雅这本绘本时，也是屏息静气，生怕惊走了画中的精灵。我想，那是直通童年的某种灵境。

　　＊

林格伦、卡尔·拉松和宜家家居

*

家意味着扎实的劳作，

与土地相守，家人环绕，灯火可亲，

人与土地，人与人，互相滋养。

有三样东西，给我带来同质的快乐。它们是：林格伦的书、卡尔·拉松的画，以及宜家家居。

一个一个说吧。

林格伦，瑞典儿童文学作家，代表作是《长袜子皮皮》《小飞人卡尔松》；卡尔·拉松，瑞典画家，长于以家庭生活为主题绘制画作；宜家家居，"来自瑞典的全球知名家具和家居零售商，互为和谐的产品系列在功能和风格上可谓种类繁多"（百度百科）。

它们以隐秘的方式彼此缭绕，像路边野花一样，以一种喃喃的低声存在给我的日子镶了边。

读写疲累时，换好衣服，下楼坐地铁，四号线换三号线，半小时内直达宜家。进门，入目所见，一组组配置好的室内单元，自然有沙发、矮几、电视柜这些大件。然而细节也处理到位：茶几上摆好了托盘，里面是咖啡杯和糖罐，沙发上盖着暖腿的毯子，衣柜里挂着像是刚刚脱下的衣服，带着打工人奔波一天的疲累形状，坍塌在那里。餐桌上，香烛排列着，等着慰藉主人一天的风尘疲倦。

一间间走过去，走到客厅区、桌椅区、工具区、儿童区。今天我不吃饭，掠过餐厅人群的喧嚣，直接下楼，慢慢逛到厨具区、杂物区，来到我时而流连的相框区——因为喜欢买画，常常要配框，宜家相框系列齐全，大小都有，得好好选选。

这时，我看见一个莫西博相框，像很多宜家相框一样，它也装好了画芯，是一张卡尔·拉松的画（瑞典家居品牌，当然要推广本国最出色的家庭主题画家）。这幅画，我冬天常挂在搁架上，读书写稿时常拿来观赏歇脑，所以分外眼熟——冬日我常挂卡尔·拉松，他用色缤纷（受印象派和浮世绘影响），而主题多以妻儿的日常生活为主，从画风到内容都温馨暖心。冬天，是最需要家居生活的温暖的季节。所以，我总是拿他取暖。

宜家相框选的这张画，画的是卡尔·拉松的大女儿苏珊。她是一个漂亮的金发姑娘，是拉松七个子女中的长女。这张画里，她正站在椅子上，给他们家的天花板画上花，这点是得自她爹的真传。拉松非常爱家。他的家，不仅是他的工作场所，也记录着他的创作。壁炉的花砖、家具面板、门楣上，到处都是拉松手绘的花，连门后都是他画的妻子画像，那微笑的脸庞隐于花影之中……家里的每个角落，都有他对家人的爱，如夏花盛开。

之前写过他：

"看瑞典画家卡尔·拉松的画时，我时常会想到宜家。拉松的正职是美术教员，兼为国家博物馆画壁画，他用画壁画的钱，买了一所乡村家宅。每生一个孩子，他就加盖一间卧室，村子的人则惊讶于这家人的房子形状为啥老在变。

"拉松非常喜欢花，夏日的窗外，向日葵、燕草和芍药是视野里随处可见的外景，而瑞典的冬日又漫长灰暗，他们在屋子里也种满了室内植物。卡尔·拉松的桌上，常常放着孩子们为他采摘的向日葵、罂粟花。有时，拉松自己会从小树林里砍一棵小枞树，放在柜子顶上——他喜欢枞树的味道。他画的黄色厨房里，我看见很多锃亮的铜壶和铁锅，为这个大家庭主持中馈，应该是繁重的任务。最左边的抽屉里，还装着七里香、墨角兰、三叶草、薄荷、山葡萄和各种调味料。他的家，想来气味很热闹。

"拉松一有闲暇就摆弄他的房子，给起居室的老式砖壁炉描花，在椅背上雕上自己的趣怪雕像，在妻子卧室的门楣上画上百合、荷兰石竹和乌头花，在三个小女儿的卧室屋顶上画了一幅走夜路的黑猫，孩子们一看见那幅画，就会忘记丑陋的屋梁和黑夜的恐惧。他用画笔记录下家里的每个生活场景：摘苹果，挤牛奶，播种裸麦，渡河去捕虾，喂奶牛的女管家，打盹的老狗，白樟树下成丛的紫丁香……一年四季，一个家，一个庄园从年头到年尾发生的所有事。他更爱画自己的家人，滑雪橇的女儿，偷吃瑞典肉丸的儿子，当然最多还是妻子，女儿回忆'家门上是爸爸画的妈妈，爸爸画她时从来不感到疲倦，他说她有美丽的眼睛'。

"拉松自幼在贫民窟长大，屋子是四处破洞的弃屋，蟑螂遍地爬。一个叔叔送了他一些作废的铅笔头，由此他开始作画——童年的阴影在成年后的光源中谋求代偿，他的家庭画都有着明丽的色彩和温煦的光感。暖光映衬着孩子们的金栗色头发和亮亮的眼眸。（女儿长大后到同学家串门，说怎么感觉明亮度总比我自己家低呢？）只有一张画妻子喂奶的照片是阴冷的，当时他们住在租来的渔民房子里，心里显然不快。

"每年一到冬天，就想重翻他的画册，特别是偏室内的主题。晚饭后，孩子们一个个洗刷干净准备上床，壁炉的火旺旺的，天冷，大家看书的看书，做女红的做女红。孩子们全睡了后，爸爸在灯下给妈妈读书，这是孩子们的催眠曲……就像另一个叫弗拉曼克（Vlaminck）的画家说：'在恶劣天气肆虐的时候，我在炉火前体会到的幸福是完全动物性的。洞里的老鼠、穴里的兔子、棚里的奶牛，都该像我一样幸福。'虽然家里人口众多，谋生大不易，但家是拉松的活力源。因为拉松和宜家，我对那个高寒的、结霜期漫长的国度，有了与实情不符的温暖感觉。"

现在，我再逛到食品区，看到接骨木酒和瑞典小丸子，这时脑海中突然冒出的，就是林格伦了。林格伦的代表作是《长袜子皮皮》，那个野性大胆、肆无忌惮的小姑娘早已为众人熟知，但是，我最喜欢的是她书里关于家庭生活的片段。我像一个精神挑食者，把那些段子剔出来，反复阅读。

阿斯特丽德·林格伦，1907 年出生于一个瑞典农民之家，她在恩爱父母的庇护、兄弟姐妹的嬉闹中长大。童年欢愉的储备，让她的作品中有了源源不断的暖意。她生长在农村，书里有很多旧时北欧操持农事的记录，用小孩子的视角写来，鲜活生动。

夏日的农庄，早凉中，管家和长工架起咖啡炉，喝完了就开始播种。小朋友们也来间苗，半玩半赚钱。圣诞节，大家都有礼物，桌上堆着高高的瑞典小丸子（宜家餐厅最受欢迎的单品）。上学和散步时，沿路采花，编织成花环，去装饰房子和学校。放暑假了，真开心，多岛的水国，带上三明治和小狗，从家门口的船坞上划着小木船，去岛上过一天，游泳、跳水、抓龙虾，以此度夏；起床就穿着泳衣，从卧室奔到露台，直接跳湖里早浴。秋天是收获的季节，稻草垛堆得高高，大人享受着丰收喜悦，孩子们也在里面挖秘道，玩得不亦乐乎。晚秋时，小姑娘过五岁生日，礼物是一个房间，太令人惊喜了（宜家粉色儿童房及迷你小沙发请配上）！小姑娘喊来玩伴，用玩具装贵妇吃茶点（宜家的玩具小厨具可以登场了）。冬天是储冰的季节，大家在冰上凿洞，慢慢插入冰锯，用马拉雪橇拖走琥珀般的冰块，夏日用来冰镇酒和食物。

最奇妙的是，这些情节都在卡尔·拉松的画作中出现，以至于我读到某些段落时，脑海里会给它们直接配画，再放到宜家的家居场景里，达到了一种生动的图、文、情境互补模式（比如冬天挖冰，这个情节是林格伦的，但是具体的风物场景，我是在卡尔·拉松的画册里看到的。由画面可见，天气异常酷寒，因为近景处是几根大木头架起的临时火堆，用来煮咖啡的，暖了身子后才好干活）。

　　林格伦、卡尔·拉松、宜家家居，这三样东西，是被一个主题串联在一起的，就是家庭生活。并且，这种生活多元立体，滋味丰富，就像生活的本体一样可触可摸可感：卡尔·拉松一直被沉重的家计所累，四处奔走谋生，支撑起庞大的家族开销；而林格伦笔下，既有很酷的小女孩，长袜子皮皮、爬树打架的疯丫头马迪根、野姑娘丽萨，还有很温柔的小男生们，细心绵柔，爱小动物。我喜欢这些反脸谱化的生动形象。她不仅写无忧童年的阳光灿烂，也写生命尽头的水波微凉，比如《狮心兄弟》里对死亡深渊的凝视——她作品里的凉意，是如何积累的？应该是来源于林格伦孩童时期瑞典农村的保守氛围和母亲的严厉，以及酗酒出轨的丈夫，还有，二战时她作为信件巡查员，翻阅了很多私信，看到不少人间难言的苦楚。

　　而最终战胜了这些内心的寒气，让暖意重新燃起的，就是家。他们都很爱家，爱小孩，努力经营家庭，以此作为内心的退守之地。这个家，不仅是物质形态上的家，更是精神的堡垒，它意味着扎实的劳作，与土地相守，家人环绕，灯火可亲。人与土地、人与人，互相滋养着。百年后的今日，现代文明并未带给所有人心灵的安栖，相反，人心日益浮躁，再看到这些结实贴地的生活，就有了归巢一样的卸甲和放松。

　　※

看房子

*

房子的布局美感，

是普通人音量的"自我的浓度"。

看房屋建筑师的文字常让人感到很舒服——建筑和电影一样，社会性很强，尤其是做公共建筑、城市规划的建筑师，要与各部门协调，必须要有良好的语言表达及沟通能力。除此之外，我发现，他们写文章的方式常常像盖房子，就是用空间形式组织语言材料，并且，我们也可以像看房子一样看他们的文章。

有的建筑师，是拿文字盖中式宅子，就是在每章里，把一个人（事）放中间，其他材料围着它排一圈，然后以时间为线索倒叙。读这样的书，很像有序参观一进进的老四合院。院落重叠，前廊后厦，前面是接待外客的公共空间，越往后就越私密，最后是女眷所居的深深庭院，凝聚着一家子的情感隐秘。

首先，我们看到开篇，那等于步入一个院落，三间房，先是"堂"，就是该书最正大光明、公共性的部分——介绍所处历史时段、时代背景什么的。"堂"本来就是中国人的社交小广场嘛，祖宗和尊者一个个出现了。当我们在硬红木椅子上听得不耐烦扭来扭去时，可以溜下来，顺着抄手廊晃到偏屋去看。这时开始出现好玩的、有体温的个人事件了。随着我们阅读进程推进，我们的情感越来越走向私人心理空间深处。

我揣摩着这类书的情节资料都可以编上号，分别指代正房、厢房、垂花门、影壁。某些私人韵事，可以当成后花园，又有些一直在发展、串起整本书的个人史可以当成穿过大宅子里的一脉水源，沿岸有无数由它起意的小景。然后，用建筑模型来搭建文本。

不过每个建筑师用文字盖的房子形式也不一样。

路易·康的文字房子，是个新古典风的建筑，端凝的柱式规则之中，飙出诗化的高音，一闪而过神性的光芒；柯布西耶的房子是现代感十足的高层，有时读着读着我就爬不动了；隈研吾的文字，像身体化的建筑，就是鼻子耳朵下巴这样的五官分布，没有刻意分出楼层，但有整体性。另外，我见过的建筑师都很擅长一种流动的文字建筑，就是游记。

建筑师中村好文，他的文章布局是个小屋，日式家庭剧里常见的那种：不出三十平方米，入口是厨厕，中间有小小起居处，两人小沙发，对面是低柜，深处有铺着米色床品的矮床，角落里不具侵略感地嵌入绿植、低饱和度装饰画，玲珑一间，细节精致，麻雀虽小，五脏俱全。这类房子的布局美感，是普通人音量的"自我的浓度"。

中村好文长于短文，他喜欢在不大的文字体量里，一条叙述单线向前，沿途情节陈设简单，内心景观直陈目下，建筑原理解析简明，读者不用费力爬上楼观景，不用下地下储藏室翻找资料。他当然不是顶尖的设计师，不是在建筑史上留名的那种大师，但他是最让我感觉到"建筑是一件快乐的事"的建筑师。他用房子实践的不只是美学理想、治世理念，更是生活态度。这个也微妙地折射在与委托人的关系上——执着于实现自己的美学观（比如为了保持风格不许对方装暖气）的设计师，往往与委托人有冲突，甚至官司不断，但印象中中村好文与委托人都关系友善，他会花很多时间了解对方的生活，为其打造合心的空间。他始终把人的居住舒适度放在第一位。"优游"是他的工作态度，他与工作、委托人、世界相处时都有一种大师身上常常见不到的松弛感。这点，在他的文字空间里也一样。

写文章很像盖房子，材料是一方面，结构作为另一方面也很重要。很多时候，文章的章节早已写出，还要花大量的时间去调整段落安排——类似于作曲家即使谱出旋律，也得用心去编曲。一篇文章，如果有一、二、三、四、五这样五个段落，那么，把它们排成一二三四五、一三二五四或三二五一四，成文效果是完全不同的。如果读者读到一篇文章，阅读体验流利酣畅，情绪随文起伏，没有阻滞，通常是作品段落安排得当，上坡推得稳，下坡收得住；如果阅读时有佳句入眼，却感觉阅读体验不均匀，情绪进入不酣沉，那就是结构没组织好。现代社会，短平快信息多，漂亮的只言片语俯拾即是，但写文功力必须看长文，就是看作者有没有安排字句、段落关系，照拂整篇文章的能力。

文人学者中，当然也有以空间形式组织思考书稿布局的，比如托尼·朱特的《记忆小屋》，但那房间数量，比中村好文的要多一些，又不像四合院有序推进，它是一个欧式度假小屋。

《记忆小屋》是一本自传，但是有别于大多数自传以时间或经历为纲的线性结构，它是以空间方式组织记忆材料的——你可以想象一个房子，每个房间都是一个话题，然后它们有序又独立地成为一个整体。

　　而托尼·朱特使用的布放记忆材质的方式，正是轨迹式记忆术。古希腊人做脱稿演讲时，会想象自己是在穿过小径，他们会把每个话题设想成小房子、草丛、花坛，安放在道路两侧。到了演讲时，演说者会穿过这条想象中以视觉形式呈现的小径，展开思维漫步，并沿途提取话题。托尼·朱特无意将记忆建构和装修成一座宏大纪事、煌煌华美的大宫殿，而是手工打造一个真实入微、随性鲜活的小屋。他的叙事线索，用地理位置顺序来表达是：储藏间（先交代下年代）——在吧台和客厅坐下，参观开放式故事空间（关于犹太人的食物、伦敦旧日交通工具、牛津宿舍的铺床女工）——一间又一间卧室（恋爱、婚姻）。换算成文学语言则是：先大体定位下时空坐标，交代下场景，然后是众生描摹，最后是隐私空间的心底波澜。

　　※

月光音乐家

*

被喧嚣声色所迷，被焦灼的物欲所困，

就聋了，关上了心门，再也听不到月光音乐家的演奏了。

很久以前，见别人在微博上贴一张画，非常喜欢画中的月色静怡，但一直不知道出处。昨天翻看给皮皮买的一本布霍茨绘本《晚安小熊》，才发现这是书里的一页。布霍茨是德国插画师，他的中文译名不太固定，我手头的《灵魂的出口》里译作布赫兹，《捕捉月光》里译作布赫霍尔茨，等等。他和米兰·昆德拉、马丁·瓦尔泽都有合作，我对他的感性印象是德国的韦尔乔，超验感、超现实风、很哲理化。

这本书却如此绵实温柔。

故事说的是：小熊不想睡觉，他喝了小杯子里的水，换上星星小睡裤，做了临睡祷告，唱完了摇篮曲，还得到了五个晚安吻！可是，当大人轻轻掩上门离去，走廊半昧不明的光线也被关在门外时，小熊还是舍不得睡。他搬来很多书，踩着书梯爬到窗口往外看，他看见邻居玫瑰奶奶家的花园和奶奶打盹的侧影，他还看见小羊在吃草，夜船上闪闪的灯光。再转头，哇！马戏团的小象也没睡，小丑在给他吹催眠的笛子呢。连草坪上的稻草人也醒着吧，他的草帽上，小熊白天给他插上的鲜花，还在晚风中微微摇晃呢。

布霍茨特别擅长用颗粒很粗的电影质感的画面来描绘月夜，月亮又大又圆，月光那么干净，小熊的影子落在玻璃窗上。窗外，正对着玫瑰奶奶家的花园，奶奶家的灯光已经调暗，奶奶俯首打盹的身影，是匀润的圆线条，被光效柔化了；而园子里的郁金香，被月光照得灼灼生辉，雪亮的花光刺向夜空，像奋起刺醒混沌睡意的剑锋——在昼与夜的交接地带，人工灯光和自然光，它们的强弱关系发生了变化，权力移交了：灯光睡了，月光醒了；昼睡了，夜醒了；人睡了，山川醒了；现实感睡了，梦境提着鞋，蹑脚轻步走来。

画中的花姿树影都带着微妙的倾斜度，明显是在晚风吹拂中，风一定也把花草馨香吹到小熊的鼻底了吧。远处有夜行的货船，发动机低低的嗡鸣也掠过了小熊的耳畔吧……小熊不想睡觉，他热烈地期待着明天的到来，那是小孩子才有的、对未来明亮的喜悦，好像每天都能收到未来寄给现在的信件，那些未曾许诺的日子，却长满了希望。他想，明天要是晴天就好了，那我就可以去玫瑰奶奶家采花，去坐船探险！雨天也很棒啊，在温暖干燥的阁楼上，吃零食、吹陶笛、看雨景，再没什么比这更愉快的了！

小熊舍不得睡。

月光整晚照耀着河流、山林、草地，还有小熊的窗前，临睡前最后一点模糊意识中，小熊好像看见（其实是幻想）河岸边有几个淡墨色的身影，其中一个乐手头上还戴着插花的草帽，什么？插花的草帽？等等……看来，月光不但吹凉了小熊白日嬉闹的余温，还将这余温吹进了他沁凉的梦乡。这插花的草帽，不就是白天玩耍时，小熊亲手给稻草人戴上的吗？原来它是月亮递给梦乡的一个暗号啊，即使到白日对岸的梦里，小熊也有甜蜜的护航。

这几个人演奏着轻柔的小夜曲走远了，小熊想，他们一定是月光音乐家，在演奏着夜的乐章。

小熊终于睡着了。

　　我们每个人都曾经有一颗无染之心，无心事之累，无记忆之重，那时，我们都能听到入梦前的小夜曲。长大以后，被喧嚣的声色所迷，被焦灼的物欲所困，就聋了，关上了心门，再也听不到月光音乐家的演奏了。

　　这个绘本的妙处是：有香无痕，并没有夸张的情节冲突，却微波荡漾着"无语之情绪"。画家对画面的掌控是高妙的——文章的情感色彩来自语调，而绘本来自色调。这本书色调沉静，色彩饱和度低，颗粒感很强的画面像电影胶片一样细腻地描绘出月光的明暗变化。开本是竖形略宽，一般来说，横版适合多人物互动，竖版更凸显个体动作。配文蜷缩一角，用的是细小的字体，像贴耳低语，不会打扰画画满溢的宁静。

　　※

心的住处

心意相通，
正如地下根系相连的树。

何为自我

*

因为自我的可贵，最好的爱
就是懂得尊重对方完整的自我。

　　早起，趁着早凉，写了一页字帖，把昨晚看的书整理出笔记。手机不断跳出各种页面：各路名人、明星、网红的小道消息，骇人的标题、夸张的煽情（我不需要情绪，请给我一点事实或真实数据好吗？）、真假难分的内容，隔着屏幕，都能感觉到那股子灼热的戾气以及收割人气的急迫。把它们关掉。陆续卸载了一些软件，除了找资料和必要的工作联系之外，尽量远离网络。

　　回头看看真正的文学作品，那种"我之为我"，几乎无法预料下一句的自我致密感，简直令人感动。那些作品，是土星、木星或其他任何尚未命名的星球吧。它就在那里，自顾自地旋转，包括它的错误、瑕疵，也在闪闪发光地旋转，它们都是完整生命体的一部分，所以，你对它也只能持完整的态度。要么完整地喜欢它，要么完整地讨厌它："滚你的吧，滚到老娘看不到的旮旯里去。"反正，它不会被他人的好恶切割、引导和赎买。你想拿把刀，像吃牛排一样，把喜欢的特质切下来，别的扔掉，指导它下次按顾客的口味烹饪，那是不行的。

这就是文学的尊严。文学不是按需调整的产品制造商，也不是服务行业。它是一个人真实活过的欣喜若狂和痛彻心扉。心里太满了，溢出来，他想喊，想歌，想哭，想大笑，想推窗告诉全世界他的狂喜。他快乐得周身发热，恨不能在寒天也跳进冰水，哪怕是穿着破棉袄，顶上没有瓦，写在几片破纸上，他也得写，他不得不写。

前一阵里闹哄哄的林先生（杭州纵火案）事件，现在乱扯几句。别说是他，互联网上"戏精"太多，很多人都是按转发量来调整表达路数，经营自己的网络形象。我们是容易被裹挟的，都趋向赞美、情感支持、抚慰和受益，渐渐成瘾。悦己不悦人，永远忠于自我，顺应本心，不屈从于诱惑，要有强大的内心和定力。停下来，听听你的初心，不要背离它。因为，只有它永不背弃你，也不会反噬你。为了最初写出一篇好文章的狂喜而去写作吧，其他的，无须在意。

之前我说过："感觉很多女性缺乏清晰有力的主体性，她们好像只能在关系（夫妻、情侣、家庭……）中找坐标，靠别人来确认自己，力气也都用在这里，消耗了大量的精力和情绪能量。我觉得力气应该拿来完成自己的人生理想，关系是在此之上的取舍。"

并不是说人类应该不婚不育，不尽家庭责任，而是说一种自我的定位。这个定位，会帮助你减少人生耗能，比如说，遇到劣质对象，自我清晰的人会很简明地判断出：这是一段不利于我的关系、无法营养我的关系，那么，切断它对我主体的消耗就可以了，非常简单。这个断裂是中性的，也不会生出太多怨气。但是一个只能在关系中定位自己的人就会陷溺于失败感，因为她的成败是靠对方来判断的，接着陷入无聊的雌竞，耗费大量的时间和精力，浪费本该用在建造人生前景的能力、能量和情绪资源。

喜欢，很多人把它当成褒义词。其实，它是中性词，有时甚至是贬义词，比如"吸渣体质"。我有一个闺友，从不缺乏追求者，但是，这些人几乎可以组成一个"渣男"百科学书，恶行纷呈，让人眼界大开。我闺密一直遗憾她的一生蹉跎在这些无意义的来回磨折中。"渣男"并非一把夺命快刀，而是温暖的烂泥塘，往下踩，没有落脚点，往前走，他用甜言拖住你，就这么来来回回地消耗，使别人也"渣"掉——

果实被榨干汁水精华的那种果渣。渣男的"渣"就可怕在,它不是"形容词"而是"动词"……说真的,有些喜欢简直比讨厌还可怕。有时,我们拼尽一生力气,散发出强健独立的气息,就是为了让某些人不敢靠近,就像每日强身健体,是为了让病毒不喜欢。

同样,因为自我的可贵,最好的爱就是懂得尊重对方完整的自我。一直很喜欢托尼·朱特说的"爱情是这样一种境况,它使被爱的人满足于独处",这个"爱情"其实可以扩充为广义的爱,"独处",也不是一个实景,而是一个精神意象。

无论是亲人、夫妻还是朋友,人和人,也就是自我和自我之间,是平等互重的。不管是父母和孩子,还是丈夫和妻子,或是友人之间,都不是强弱关系。一段关系中,没有一个手握答案的人,威权并重,去整改或驯服对方;或是溺爱有加,而是每个人都从内心深刻地理解:对方是个独立于自己的存在,他是为他的人生理想,而不是为我的期待值而活。"我对你很满意""你让我很失望"这种上下级之间的对话,不应该发生在平等的自我之间(我妈对我,我对我女儿,都没有使用过这种气势凌人的句子,把自己当中心去要求对方,让别人为自己而活,这不是自我,而是自恃)。

劣质的关系,像某些人驯养宠物,或是把自由写作变为命题作文,他们喜欢的，是对方利于自己的那部分娱乐性功能，或是，对方必须活成让自己认可的样子，而不是欣赏对方强健有力、野性不羁的本体。在这些关系之中，"被爱者"是不会被滋养的——靶心偏移之后，自我当然不舒服。所以，判断一个关系的优劣，其实很简单，就是看你在这段关系中，喜不喜欢自己，也就是和自我的相处是否融洽。

※

美，以及它所挽救的

*

浴火重生不是一个语言的飞越、概念化的推进，

它是每一分每一秒渐渐转亮的心。

早起，看书累了，去做事：用抹布擦地板擦到发亮，沁出干净的凉意，光脚时，脚底会知道；给植物浇水，桃蛋开花了，换个朝向，照顾"孕妇"；把生菜、卷心菜、芝麻菜等去腐叶、脱水，用小保鲜袋分装好，拌沙拉、拌面，加上拌饭酱做韩式拌饭，都可以直接用，省时省力。

家务和读书，静心去做，就会渗出一种节奏，这节奏，定了一天的调子，让人安心快乐。琐细的生活杂项，它们叮叮咚咚、嘈嘈切切，合在一起，就是日子的旋律。

这是我喜欢的生活，却不是我一直以来的生活。

2008 年，汶川大地震，死伤无数，多少人流离失所，废墟遍地，惨不忍睹。也是在那一年，我的家庭内部，也发生了地震。我爱人，闯了很大的祸，足以把我们这个原本算是小康之家的家庭彻底摧垮。

具体事项，我自己都不愿意回溯；那些令人刺痛的场景，我害怕。但是，一直到现在，十几年过去，我不敢用某个牌子的洗面奶，我清楚地记得，出事那天，我们家里飘着这种气味，每个细节、情境都一直蛰伏在我心里。那阵子我已经不能自然吃饭和睡觉，就瘫在床上，到了点，我妈拉着已经木掉的我去吃饭，我机械地吃和睡，并不清楚自己吃的是什么。

那些人，那些事，不堪回首。我自己写了个记录，给孩子将来看，算是家事历史资料。但对着所有人去表述，我并不喜欢这样。所以，在那几年，我的文字呈现了断层。家事烦冗，孩子小，心力交瘁，根本就无法成文。但是因为要把自己从噩梦中拖出来，所以写的是很甜美的东西，是给自己一块甜点，鼓励一下的意思。

那些年的遭遇实在是极度耗人，我之所以没有被吞噬，是因为我爱美。凝视深渊之人，最终将被深渊吞没。如果我的心淹没在噩龊的恨意中，把全部心力都拿来与恶事对决，最后会被那恶意污染，会变得与其同质。最重要的是，如果我的心被扭曲了，我就再也不能去欣赏和创作美，这是我万万舍不得的。我见过那么多的美，我听过最优秀的头脑在发声，为了看喜欢的展，我坐火车当日来回，车窗的窗帘坏了，我的半边脸都被晒伤了……我这么辛辛苦苦、倾尽全力去接近美，我不能失去美。对的，可以这么说，是美，以及对美执着的热情，挽救了我。

一直到 2013 年之后，诸多恶事开始收尾，我才重新进入写作状态，又有了表达的欲望，可以全谱系地去呈现内心的各种想法。中间经历的种种坍塌，我没法也不想肌理分明地一一道出。只是这一切最终使我明白，曾经我依赖的一切，都是靠不住的。然后我惊喜地发现，我倒是比自己想象中的更有力量。《各自爱》里的文章，就写于这个由虚弱步向强健的时段。对我来说，这本书是一个固守，它之所以对我非常珍贵，就在于它就是一个宣言：我不放弃。

不放弃我的文字梦想，不放弃与美的厮守，不放弃一定要让自己幸福的决心。时间这么一点点过去，我在废墟上清理掉残砖碎瓦，整平土地，开荒伐木，架梁添砖，一点点地重建了自我。现在的生活，又被收拾出我想要的样子。时不时地坐在沙发上，渐亮的天光里，凉风吹着我的书页；午睡起来，开冰箱取几个果味冰块（薄荷、碎柠檬、青橘扔冰格里，兑上水冻起来），放蜜桃汽水里，再给香瓶（买了些碎紫水晶和绿萤石，装饰兼发香）滴几滴香精，看一两页有趣的闲书，这些时刻，我真真切切地觉得幸福……

我常常不厌其烦地记录这些零星的生活片段，它们不是小清新，也不是岁月静好，而是我的决心化为现实的场景——浴火重生。不是一个语言的飞越、概念化的推进，它是每一分每一秒渐渐转亮的心。漫漫长夜，步履不停，终于有一天，黑夜啊，它落在我的身后了。

这两天改文稿，兴起写了这么一段，觉得可以放在这里："《乱世佳人》里，那个戴着巴拿马草帽，撑着阳伞，穿着镶满蕾丝、坠着大蝴蝶结的蓬蓬裙的郝思嘉，庄园里的大小姐，除了束出十六寸小细腰，和男性调笑，契合时代风气装晕倒、扮柔弱之外，什么都不用烦心。她穿着公主裙，看起来处处都合宜，但又觉得哪里都不对。这甜美肤浅的容器如何能承担她不规则的力量……那时她很美，可那时她并不美。一直到她蓬头垢面，穿着破衣烂衫，站在被战火烧成废墟的塔拉庄园的红土上，对着红色的天空举起拳头，宣称一定不会再挨饿时，她的美，才真正焕发出来。每一粒米都是自己挣来的劳动妇女，当然比'何不食肉糜'的公主美多了。我们原以为莲花出水是美，没想到，火中出莲花，更有一番苦练的顽艳和蹈险之美。"

　　以上是首版《各自爱》五年后的重版说明，写给所有被摧折又重建的不屈服的灵魂。

　　　※

春夏秋冬

*

一个人的时候，才能听到玫瑰大笑着盛放。

2019 年

11 月 28 日

　　叶叶皆秋色。晚秋的南京，处处皆美，悄然变色的树叶，映着蓝天和古城墙的残垣，有的树叶尖子变红，叶身还是绿色的……常常会捡些树上掉落的叶、果回去，放在镜框里。它们是我走过的路、醒鼻的苦香、晒过的秋日阳光、一瞬的喜悦。写作亦如此，每篇文章都是一朵花、一片落叶，它们是时光的标本，让我打开折叠的记忆……彼时空气汩汩流入，流年中的欢笑与哀矜，重新鲜活起来。

每年年末，会按编年顺序把日记收好，再打开一本新日记本，开启来年的新章，这就是我的"开卷"仪式。每每把旧时日记打开重读，就像走过一条落花幽径，每一缕触鼻的芬芳、每一个发黄的花瓣，都是"流年"这朵花上，挂在唇边的一瓣微笑。

12月5日

坐地铁四号线，转一号线，继而转十号线。从城东北穿至对角线的城西南，过长江，是江浦客运站，再坐十七站，舟车劳顿，终于在两个小时后，抵达了浦口汤泉镇。步行五百米进惠济寺，一个不成形的、无规划感的小寺，所有来的人，都和我一样，冲着这几棵一千四百多岁的银杏树。诚实地表达下我内心的感受：这梁代植下的树，腰身奇粗，几个穿汉服的女孩子排成一排拍照，宽阔的树木充当背景墙都绰绰有余，但是我内心还是爱着灵谷寺的银杏树，树形美，低处没有分叉，衬着灵谷寺暗淡微颓的老砖和朗朗蓝天，还有合抱粗的大梧桐，溶解在整个南京东郊的高绿化率的野趣之中，实在是美不胜收。加之就在我家附近，交通方便，我常常去看它们，比这几棵荒凉之地的老银杏感觉亲近些。

12月9日

早起读一首谷川俊太郎，是幸福的。他不像洛威尔有复杂的用典（须准备一个美学资料库才能进入），也不像某些诗人结构繁复。他用字和意象都简单明丽，在翻译中不会过度磨损。他的思考是靠陈述生命体验而不是抽象思辨来拉动，陶渊明也是，所以，他们的"理"都不空不木，而且没有令人抵触的倾轧感——喜欢的作品是：并不空谈"理"，让它外化成僵硬的概念，而是唤醒和软化你的体验系统，让"理"穿过你，被你感受，最后由你自己分泌出来。艺术，是扎你自己的根，开你自己的花；开你自己的花，结你自己的果。

12 月 18 日

　　刚看了《终曲》，坂本龙一真是越老越帅啊。满头白发的时候，他还是常常说"这是为什么？""那是什么样？"这类以问号结尾的疑问句。爬冰山，逛非洲，这样的老年生活我也想要。凡是越老越好看的人，都有这种开放性的性格质素和永不衰竭的好奇心（回去后立刻找了他的自传来看，看纪录片时就在想，坂本龙一多说点话就好了。在书里他一直在说话，我就开心起来了。我非常喜欢一个人谈他的专业，料理师说什么季节的鱼最好、园林师阐释树和石头的表情、某个外科医生的自传第一章就是"心脏是个可爱的器官"、山本耀司写扣子和衣领的篇章是他最华彩的语言集锦）。

12 月 25 日

一到冬天就想贴夏加尔，他真的是好甜啊，哪个女人不想有这样一双温暖的臂弯呢？但男人的身形是虚笔，他像是个梦。夏加尔是犹太人，但他的笔触非常法国化，让我想起马蒂斯和杜菲，甚至画漫画的桑贝。法式笔触旖旎温暖，所以我一直想，在餐厅里放张马蒂斯会开胃吧？

12 月 27 日

雨停了，天气晴冷。上山转转，鸟儿们全出来了，连住在笼子里的鸟也被大爷拎出来了。看坂本龙一的纪录片时想：原来也有人是用声音来生活的……今天山里的声音好丰富啊：大山雀在枯柯残枝啁啾，道路两侧的鸟在对唱。大家的心情都很好。又想起坂本龙一拍的"9·11"现场，两只鸟飞过了硝烟中的残楼。鸟儿知道发生了什么吗？你说呢？

12 月 30 日

繁华中有憔悴。天天跑去看这株白茶，端然凝重，无法形容的美。没拍出的是一地锈迹的萎落花瓣。玛丽·奥利弗（Mary Oliver）的诗，马克·亚当斯（Mark adams）的画，一切默然不语的美，皆是相通的。

12 月 31 日

明年的年度汉字，我抽的是"明"，非常喜欢。"明天""天明""眼明心亮"，暗喻着希望、心胸阔朗、眼界洞开。明年，还要继续读写和走路——关于阅读，最近刚做了一个访谈。对方问："这些书籍阅读，给您的写作造成了什么影响？"我答："表面直观的影响未必看得出来。阅读，不仅是收集写作资料，更是对生命的深耕和灵魂疆域的拓宽。你的生命经验往土里深一寸，文字就会饱满一圈；你的灵魂宽一海里，文字里就会多些远海的自由气息。这个是能感觉出来的。"以后的写作，还要往减脂增肌的方向走下去：减糖、减油、减调味，更加轻盈而坚实地飞翔。

2020 年

1 月 5 日

每天晨读的开始，是读诗。类似于清晨漱口，淘换前日残留的语言残渣，开启一天的清新语境。有的诗人妙在意象库，有的妙在抓词力，有的妙在会用逗号和句号（断句点掐得准）……这个大概等同于编曲能力，同样的素材，不同的编排顺序、换气门处，是功夫，会大大影响成曲效果。

2月19日

　　过年嘛，反正我是如常。只要快递能送书就行。买了一包古建和美术研究书，我的心理年月不以年历分，而是以研究单元来分。理清一个兴趣点，就是一声"节日快乐"——每个主题刚开始时，知识密度低，孔洞大得让人有点焦虑，慢慢地，网越结越密，可以把那些无意识小鱼给捞上来了。就是说作者的话，我也能听懂、明白，欣然会心了。它们在我的精神土地上成活了。

　　太阳好，衣衫薄，那出去散步。城墙上，今天没人吹箫，水杉树下的晚梅早樱都开得一片热闹。没花的枯燥地带，其实是最大音量——我记得这片土地下是绣球花球茎，夏天时一片蓝紫缤纷，入目喧哗。不过，眼下它们一声不吭，都在土壤里静静地积蓄力量。

　　在看蒙克的画和资料。我本性的一部分是向光而嗜甜，爱着精神富贵的常玉、逍遥隐士的莫兰迪，还有甜蜜飞翔的夏加尔，可是，如果光、甜不与毒素并行，生命将会失去其深度。类似于人体内的某些帮助保持平衡的菌种。其实很多文艺作品给我的感觉，就是随着作者妥协于年纪和世俗，作品渐渐流于甜柔的装饰性，变得鸡汤化。这个毒性，是要珍惜的资源。

　　蒙克，就是生命必需的毒素：他真像一个阴影中的长廊——医院长廊，即使有须臾日光、片刻柔情，另一侧永远是不关门的病室。家族性的神经症体质，长久伴随的恐惧：亲友一个个地癫狂和死亡，转头就是深渊。生之重量，可能部分来自这个深渊感，这是他用一根生病的神经对人类做出的贡献（晚年他经过治疗病情好转，可是他作品里吸引我的东西却消失了）。摄取他，有助于生命的完整和立体。

静与喧、光与影，再说说快与慢吧。

画家弗洛伊德素来以观察力而闻名。他画一幅头像往往要超过一百个工作小时，并与模特聊天、吃饭、共处，以求了解对方。也就是说，他的画不是视觉记录，而是理解的叠加及反复修正。近看他的画面笔触，是修改过无数次的，模特问他："我们画了多久了？""三个多月了。""啊，我以为只有十分钟"……他反正是一幅接着一幅画，从无休息日地工作。这种持续的稳定节奏，对他那种神经质的能量，应该是一种合适的缓释，并具有疗愈效力。

而另外一些人，则快马加鞭，飞驰过自己的一生。有些天才作家，有着无法抑制、芃芃盛开的才情，文章即使打磨得并不精致，像是来不及为那喷薄而出的才能寻找容器，有着粗犷的力量感……他们疾驰过我们的视野，不再写作，甚至早夭。他们在纸张之间永葆新鲜的青春面容。这是文字让人惊异之处，它好像，它甚至，它居然（真的）打败了时间。

6月17日

　　收拾书架，书依据其重要度、使用频率，分成一线、二线、三线，一线放楼下工作室，二线放客厅及小书房，三线摆阁楼书墙上。楼下计划留七个书架，中国一橱、日本一橱。我不怎么喜欢日本文学，日本这一橱书，多为日式生活美学和工美相关（他们的汉学家也多）。日本这几块太发达，而这些又都是枝节蔓生的，最后长出一整橱来。欧、美、俄两橱，自然文学及艺术相关（摄影、工美、美术、建筑、园林、戏剧、电影）一橱。剩余两个小书架，放我感兴趣的主题：《红楼梦》、香水、敦煌、汉字学、造纸业、椅子家具、陶瓷、印染、纹样、神经学之类。

　　因为家里书实在多，两边（我和我妈家）加起来的容书量四五千吧。我年进书量四百上下，所以清存是个问题：二手网、收破烂的，不时几十本几十本地清理下。话说我的神奇老妈时时留心，看到旧书店就进去拉呱两句，居然和一个书店老板认识了，把他带来收书。这次收了两百本（左右），分两批才运完（他骑电动车）。空间清出来，我很高兴。这两天蠢蠢欲动地买了《中国陶瓷史》之类的大厚书，想着那两大箱书腾出的空地，心里也不是那样负疚了。

还可以把《古代建筑史》由单卷本升级到多卷本、《唐鲁孙作品集》十一本撸回家（老版翻脱页了）……早晨把楼上书墙也擦了一遍，又要来新房客咯。

核对文稿。我文胆特别小，老怕失言，像发表、出书这种白纸写黑字的事情来临之前，夜里老睡不沉，总惦记着某个字词不妥帖，怕出错，想起身再查对一下……我常要改到下厂前。我这人吃穿都不讲究，就是在工作范围内比较龟毛。中午如常草草吃饭，用底汤煮了笋尖、海带结、豆腐，非常美味。这已经很好了。有时候就是站在灶台边吃碗酸辣粉之类，为了挤点时间看书，还有上山看花草树木。中山植物园的帝王莲要开了吧？记得要找时间去看。我没有抖音、知乎，微博去得不多，有时上上微信，豆瓣要查资料来得多些，几乎不聊天。即使这样，每天好像也只能做两件事：读书写稿和陪孩子，人的精力太有限。

7月4日

静听琴所言

近来，大约是之前出不来的那些书都出了，我买到和收到了很多书。昨天，顶着雨，抱着、拖着、背着几包书回家。回家后换下打湿的衣裤，洗洗手（摸书必经程序），把书摊在床上（我的床有一半都是书，留个给人蜷着睡的地盘就行，所谓"寂寂寥寥扬子居，年年岁岁一床书"）。我摸摸这个锁线的书籍，翻翻那个明显用了好纸的新书，觉得很愉快。

纸版书的好，一定要手摸、眼观才知道，好纸、好装订都是要加成本的。裸脊双封每本就加一两块钱吧，但一摩挲就不同，触感舒适。好的纸张，轻盈柔韧，又不粘手，折光度也好，眼睛也舒服、不疲劳（我特别喜欢读关于纸的书，比如中日纸艺、染笺、埃及莎草纸、造纸史之类的书，可能也是部分因为它是书籍的物质形式，相当于书的尘世载体）。我突然心生感慨。很多书真是策划用心、装帧也好，时局艰难，大家想维持这个行业的生存，想让精神生活绵延下去，虽然心知是难敌游戏、综艺和日渐鄙俗的人心，可是大家都那么努力。

有一包，打开来看，是朋友寄来的，她说一看就想寄给我，是旧书，老式的布纹封面，泛黄的纸页，镂着金色花体字，内容是英国自然文学。英格兰园丁和管家一样，闻名天下，自然文学一开始也是在英国乡野绵延百年，一直到被美国的梭罗接过去。我细细地翻着这老书，它有书籍的优美和尊严感。我有很多文友，大家都是"君子之交淡如水"，平日里，家里果园收了果子、茶园晒了茶叶，或到处旅行淘到旧版书、去博物馆买到一些纪念品，都会寄给我，礼轻

我们要做的是谦卑自抑，静静等着体内的神迹涌出……

情意重。我家里有朋友千里迢迢从莫兰迪故居给我带回来的明信片、看上去旧意弥漫但我心知这世界上也不剩几本的绝版书，我小心地把它们摆进放了防蛀香包的书橱里，珍藏起来。

寄书的朋友对我说："不客气啦，你能喜欢我已经非常开心了。我自己也喜欢这类，但是比较多的还只停留在这些文字给我带来的大体感受上，安静、清澈。关于花鸟的细节我还静不下心去研究。"在之前，还有个小姑娘也给我写信，问我怎么才能静下来。这个我想认真回复一下，结果写了一长段，也放在这里：

"我想，首先，'静'和个人的节奏及使用精力的习惯有关，我比较喜欢谋而后动，先思考周详了，把退路全部安置好了，再行事。这样麻烦都在前面，后面就顺畅了，而不是冲动言语和行事，之后再收拾残局。我在人群密集的社交平台上发表观点也不多，多是写写家常之类的叙事，因为热点频出，信息翻滚代谢都很快，我没法在那么短的时间里收集资料，细细思考，做出判断，因此难免会失言。

"另外，除了天性，我也是让自己练习'习静'。我长期写评论，评论类似于外科医生，必须要破皮见肉、解析敲骨。我很怕自己的笔触变得生硬，就让自己常常写点日记，只记录，不评论，不抒发，以便让笔触回软。久了以后，我发现，此举不但静心，而且慢慢改变了我的性格——细致的观察、聆听本身就是判断的一部分和重要程序。不急于判断、表达，等看清楚了，听仔细了，自然就明白了，所谓'静能生明''外静内明'。我逐渐变得舒缓而开阔，也听见这世界更多的声音，获取了更丰富的生活质感。

"如果'欲知曲中意'，那就'静听琴所言'吧。"

7月5日

昨晚例行去买可颂，做晚读时的夜宵。路过新开的那家花店，还是没生意，花有点蔫了，放在门前的水桶里，小姑娘一个人在亮亮的店堂里玩手机。我选了几枝紫、白雏菊，小石竹。她给我包起来，我顺便看看可爱的多肉，都装在很别致的花盆里。我一边欣赏一边担心她的生意。回家继续开灯看书，《红楼梦》实在太博大了。我手上那套是上初中时买的，至今已经翻卷了页，字句读得熟极，却仍有新意能翻出。

相关的周边书也读了不少，但仍然觉得《红楼梦》渊深。不管是具体的服饰、妆容、建筑、园林、花草，还是抽象的经济、法律、哲理、世界观，抑或是介于以上几者之间的版本考，都大有可观。说说这本解析《红楼梦》的书吧，这人是从物质与非物质角度来解读红楼，这书是芭蕾写法，立点小，全部力量都运作在解读中国写实小说的命脉上，就是从物质的大繁华走向白茫茫一场空。俄国小说里在饭桌、酒席、自我吟哦中完成的精神空间，在中国小说里是通过物质的盛与灭来抵达的。这个题目好，也写开了，值得一读。话说这类写法的好处是蹊径走的人少，容易开辟论证疆土，麻烦是也别无旁路可走，有时感觉略牵强。此书之前，读一读邓云乡的红楼诸项名物考、黄云皓的《图解红楼梦建筑意象》，还有《红楼梦的两个世界》，可以打个底。

就这么一点点往山上的星光处走吧，离人间灯火很远，离热门话题很远，离那些吵闹关注都很远……我的心却是满足快乐的。白天，雨下下停停，被雨后的绿洗干净的视野，如宋画，我端了茶，站着看了半天。我喜欢淡远之境：抱在怀里的一束菊花无间的淡淡幽香、旧衣上留的香水味、楼道里人家飘出的隔夜蚊香气、翻开的书页边上那杯窨茉莉花茶的一抹香痕。星盘上，我是群星合天底，就是"隐士人格"。合天底的人，是生来就喜欢活在内心的世界，不喜被关注照亮而失了清静之乐。

7月7日

夜读，感觉雨停了，乌云散尽之后，月色澄明，照出周边云的轮廓及山形起伏。在看伊藤正幸的阳台种植日记，这书是口语化的

亲切行文，绝非步步惊心，而是把你按摩到放松了，突然转头来个
狡黠的漂亮小句子咬你一口——"所谓朝朝暮暮也不过如此，俺过上
了每天看莲花的日子"——我立刻抄下来了。这书让我觉得很可爱
的点，是里面那些喜欢植物的男人们：阳台上各自埋土修枝，以背
影彼此遥望支持的两个男人；半夜突然上门聊天的准备混黑社会的
哥们儿，他居然也爱花，唐突上门只为偷偷留下一盆花；把心爱的
槭树拿到公司装饰会场，结果被同样爱花的客户搬走的一脸丧气的
倒霉蛋……

　　男人和男人之间都没有就植物大谈什么，只是偷偷摸摸地喜欢着，
像在洋底擦身游过的两条大虎鲸，彼此以巨大的孤独暌隔，也隔着巨
大的孤独拥抱。男性，特别是年轻的，还没到含饴弄孙、莳花弄草
的老年时代，也不像老年人性别感那么弱，大概不习惯公开交流柔
软的感情，莳花弄草也不像什么足球、拳击、斗牛这种男性化的爱好，
可以彰显力量感、男子气。男人和植物之间，男人和男人之间，明明
细腻纤柔，又要装得粗犷而带来那种男性的羞涩，内外反差造成了喜
感。夜，越来越深静。月色照中庭，读我枕边书。一念心清静，莲花
处处开。这莲花又不只是莲花，也是月色、山峦和其他。

7月11日
　　小朋友终于考完了，今天痛快地睡了个够。午睡醒过来，听到

雨声很大，惯性地想怎么办？再一想，今天不用去学校接孩子！哈哈哈哈哈，再睡再睡……原来雨天睡觉是如此快意！困了就睡，醒了看书、吃零食、喝咖啡，再睡，再醒，再看书。螺丝慢慢松开，身体里蜷伏着的、怕泄气不敢喊出来的累，才一点点缓过来。前几日大雨如瓢泼，我穿了雨衣冲出去接皮皮，水还是一瓢瓢地往衣领里灌，睁不开眼睛。像在游泳池里游到学校的。不想出门，可是我的大宝贝、最大最大的宝贝在那儿等我呢。今天雨也可以隔窗欣赏了，终于过上审美生活了。幸福啊！

7月12日

一早起来，北京朋友惊呼地震了，武汉的说水位又涨了，打开新闻界面就更不用说了：牛奶不能喝、海鲜不要吃、江鲜馆也关闭了、南边有台风、北边有地震、西边在泄洪……

换影视吧，全给我放宫斗剧。打开书看金瓶梅考，生活真是五光十色，然而也是刀光剑影，需要旺盛的斗志和精力去拼搏……几个女人跟乌眼鸡似的，拼出全身解数，屋里屋外、檐下、酒楼里、歌席上，斗狠斗智，去争抢男性与他们的宠爱，气死的、上吊的，包括有钱有房傍身的富孀也一样不得清静。想想还是当代女性好，只要经济、精神独立，完全可以撇开男人，放开手脚，选择自己喜欢的生活，拥有独立和尊严。

还是看画彼得兔的波特小姐吧。看她用软萌的语气，给孩子们写信，信上一角，画她随身带的宠物小刺猬；看她在农场种兰花、风铃草、百合和豌豆；看她的彼得兔花园，木架上挂着彼得兔的蓝上衣……我的心，离开了那些龃龉和恶斗，变得又软又安静了。生活，在何时、何处都一样艰难，因为波特小姐是女性，没有机会从事她向往的科学工作，连论文都得由男性代读，最后只好转向绘画。但是，经过不懈努力，她在插画界拼出自己的一角天空。女性的艰难不仅是需要努力，而且连努力的自由和机会、方向都是被限制的。能够为自己喜欢的事情而努力，我觉得已经很幸福了。所以，在生命中的每一天，都要加油啊！

7月14日

王皮皮在睡觉，我摸摸她的背，心里有一种特别踏实快乐的感觉。当她还是一个胎儿的时候，我常常隔着肚皮摸她的背。皮皮在娘胎里是脸朝内蜷着的，所以我能摸到大片平坦的胎儿背部。都说女人孕期最丑，更别说痛苦不堪的孕吐、抽筋之类，不过，我倒是很怀念那段时期。我是独女，性格内向孤僻。怀孕是我第一次拥有一个二十四小时属于我的好朋友。胎儿夜里活动多，我就对她说话；我有情绪起落的时候，她也会不安躁动，我就轻拍她，叫她别担心。因为怀孕，体态笨拙，我追不上公交车，怀孕末期，耻骨已经给胎儿压裂开了，一走路就痛不可言，还无法试穿好看的衣服，这些沮丧的时刻，我总觉得我们是两个人在承受。有时候看书很开心，我就读给皮皮听，这些时候，我又觉得快乐变成了双份；吃到一碗特别酥烂入味的牛肉，我忍不住又加了一份，我想皮皮肯定也"吃"得很高兴。

她出生的时候，我都觉得依依不舍了。我看见她一点点长大，睁开眼睛、能坐了、蹒跚学步……她如此急不可耐地想探索这个世界。有次我爸下楼买烟忘关门了，皮皮趁机踩着学步车冲出门，却失控滚下楼梯，滚到楼道里去了！和我吵架生气时，她就背上我从北京买给她的米奇包，塞几块巧克力，大声宣布："我要离家出走，让你的心碎掉！"呃，偷偷在这里感怀一下那个曾经在九个月零三天的时间里，完完全全属于我的胎宝宝小皮皮。

7月22日

喜欢装饰图案，所以收集了很多纹样胶带，没事就拿出来欣赏。还买了好多纹样史、图册来研究。慢慢地，我能辨识出一个基础纹样了，有时候二代或是延伸纹样我也能认出来了，于是，我就很开心。

我还对微缩工艺品感兴趣。我喜欢迷你家具和屋景，还买过一些和皮皮一起玩，好像在现实生活中又拓展出另外一维心理空间。

最近正好出了本书讲微缩的历史，书里详细介绍的那个世界上最著名的娃娃屋，就是乔治五世他老婆玛丽王后玩的那个。这个玩偶屋子里，有微型名画、七百本可以翻阅的微型书，书里有微型藏书票！另外一个微型屋爱好者，从小就爱读侦探小说，留着马普尔小姐式的发型。她专注于做凶杀案场景，风格精细：咖啡杯里有泡完咖啡残留的咖啡渣，其他地方还有用来给死者织毛裤的大头针……她是刑侦医学专家，外号是法医学之母。世界真是无奇不有，妙人多多啊。

"小空间（物品）、大内涵"，这个主题可以组一个阅读单元：巴什拉的《空间的诗学》里对小空间的心理有精微的描述；芦原义信随笔里，有对小空间的个人体验和解析（他的书房只有3.45平方米，却让他在从公共空间退居私人领域后，获得内心的宁静和祥和）；写科幻小说的威尔斯有本专门写他的模型世界的书《地板游戏》（*Floor Games*）；还有西西写搭娃娃屋的《我的乔治亚》。《浮生六记》是不是顺便也重读下？里面有段芸娘和三白玩盆景的段落，就是芸娘和三白一起堆宣州石、玩假山、在假山上面种植莴萝，幻想那是爬满藤萝的石壁，而他们正徜徉其中，还共计，"此处可以布置水阁，此处可以立一处茅亭，此处可以凿六个字，'落花流水之间'，此处可以居住，此处可以垂钓，此处可以远眺。"——我觉得沈三白也算是个微模型爱好者吧。

好像我的生活就是读、写、玩，玩、写、读……说实话我也分不清它们。总之，只要一个人待着，简直是其乐无穷，怎么都能玩得很开心。

7 月 27 日　暴雨

网上看到的图片，我把它存在电脑里。看书看累了、擦完地板腰酸得没法做其他事，或是闲来没事的时候，就会把这张图片放在眼前，反复看。

画面中，是一个温柔、湿润的早晨，也许是夏末早秋。早上出门，穿凉拖的脚踩在草地上，有新生的白露渗进脚趾间；半夜，睡得迷迷糊糊，觉得枕席生寒，又很困，懒得起来换。

就在那样的天气里，孩子开学了，又开始忙乱：打印资料、整理卷子、跟在她后面收拾各种残余、操心我妈的视力、打理家里的杂事，就是在这些纷繁的碎片之中，浮出那么清凉洁净的几分钟，就为了这么几分钟，心里就非常满足。

在七月末的仲夏，正午如炙的阳光下，我怀想一个秋日。我忘记我做过什么、穿着什么，但我肯定有过这样一个没有被命名过的、温柔的早晨。

7月28日　阴

　　今天穿绿色亚麻吊带衫，配了朋友送的胸针，之前一直收在盒子里没舍得用。今天打开一看，是彗星兰和马达加斯加长喙天蛾。这花的花距有一尺长，达尔文认定必有某种蛾子也有一尺长的喙，用来吸花心的蜜，当时大家都不相信。

　　结果，在达尔文去世二十年后，真的发现了马达加斯加长喙天蛾，它有30厘米长的口器，像长吸管一样。我翻出凯蒂·斯科特的博物画册，彗星兰那张，翻开的花萼右上角，就蹲踞着一只长喙蛾，刺入花心的口器，真的很长。人间采蜜不易，看来还得进化出专项工具。

　　蛾的长喙和彗星兰的花距，都被胸针的漫画式设计夸大了。花距长长如舞袖，蛾喙盘成了蚊香状。和凯蒂·斯科特的博物画一样，兼顾科普与艺术。这件衣服只能配绿亚麻的走马包，包的一角上，还印着一句电影台词。我成了行走的博物画和电影剧本。

　　文青就和地下工作人员似的，身上带着隐秘的暗号。话说我女友也买了一个包，我们在微信上闲聊："你包上是什么台词？""《银翼杀手》里那句'眼泪消失于雨水'，你呢？""'我要穿过时代之海去找你'，《吸血僵尸惊情四百年》。"呃，水瓶和天蝎，天王星人和冥王星人的气息，都还是挺明显的。搞不准，哪天银翼杀手在街上能碰到吸血僵尸，相视一笑……

7月29日

阅读单元

我一直采用的都是单元阅读法，就像中国社会以"家庭"组织构成一样，我的书籍网络以这类小单元为基础构成。单本书的阅读，只是最小的生命细胞，是最早的出发。

我让皮皮看《红楼梦》，我家皮皮对我说："妈妈，这本书我看完了。"我说："这书是看不完的。我像你这么大就开始读了，至今还在看。最近看的是里面的官司、祭祀和药方医理之类的，这关乎中医、清贵族的生活、刑法、赋税制度，牵扯到很多书，关关节节，无穷无尽，太丰富了。"

有些书，得等着它后来的兄弟一起看，比如慢慢出全的全集，这样你才能看到一个作家的成长线和他精神世界的全貌；有些书，得等着它的说明书一起看，各种由母书延展出来的解析、解读之类的后继书；有些书，得等着它楼上楼下、左右门的邻居一起看，这样才可以从高到低、由点及面，窥探一个行业的各个角落。

如此如此，就形成了一个个单元。

继"纸"单元之后，我最近在看的是以下几个阅读单元。

航空单元：阿姆斯特朗传记出来了嘛，阿波罗纪念册也出了，其他几个宇航员的作品也有引进，比如火星计划中的凯利，他记录了在太空一年的日常生活。

滇地植物单元：白马雪山守山人的自述，被整理出书了。《守山》是一部优秀的非虚构作品。《在雪山和雪山之间》的作者是我很少看到的中国当代的自然文学作家——这个和写花草树木的室内作家有区别，和放马大山的游记作家也不一样，是英美自然文学里才有的那种溶解在自然里的气味，文字和结构、文学类型浑然一体，都是山野式的蔓生野长。中国曾经有过遍地芳草的《诗经》《楚辞》，我们出过那么多的山水诗人，那个文脉早就渺茫无踪。而大概是由于地域差别，英美作品中的那种场景，在我们这里也很少见，所以读时仿佛突然看见从天外飘来一个妙人。这本书里还提到一本《蓝花绿绒蒿的原乡》，一个英国博物学家于清末在滇地的考察。我也买了，配着读。

植名命名单元：《草木十二韵》，这和云南倒没啥关系，但是

所谓新是藏在日常之中的，不变中的变才是新新不已的所在。

是一本难易适中的植物名字考释。释名书通常有名称考释、名字来源传说、拉丁名手册这么几种，要么偏故事性（飘忽），要么是字典类的工具书（乏味）。本书的好处，应该是调和：作者语言常识丰富，又热爱博物且从事景观学研究，所以从植物的双名（属名、种加词，这个需要外文知识）、古代词源多源头考证，加之实践眼观，饶有趣味。《园艺植物的拉丁名》，案头字典，看书时可以即时查询。《中国蔬菜名称考释》，这本书有趣有料，内容翔实，结构脉络清晰——总纲、词源命名、分类叙述。这样一本书，结结实实，一个白菜就有好几页。如果加上彩图、注释、彩印，做出五本精装博物系列问题不大。过去的书，常常给人这种批发感，一本二十世纪八十年代的毛姆小说集我现在能拆出一个系列。

城市规划单元：之前非常喜欢芦原义信的《街道的美学》《外部空间设计》，里面很多观点都是浓缩营养片，拿来稀释一下，都能供我消化良久。刚看到芦原义信的随笔集出来了，另外一本规划方面的经典之作《美国大城市的死与生》，最近也重版了，我把它们汇总起来，准备重新整理阅读——有些谈城市规划的书，饶有趣味。市民生活被环境塑造，也反哺环境，环境与人的互动写得好时，简直能写出小说的情节感。早先读《扬州画舫录》《东京梦华录》时，总想快快读完城市布局的介绍那部分，快进到民俗枝节，现在突然觉出它们的好处，没有承接的基本面，表情丰富的城市细节无处栖居。

建筑师和导演一样，属于综合艺术，与各界人士周旋，必须有很好的表达能力，有文学鉴赏力（好电影的基础是剧本）、视觉能力和出色的美学修养，可以画场景图、结构图和细节图，指挥摄影师、结构师、施工方人员等。很多大建筑师都投身于城市规划，涉世很深，也有自己的一套高屋建瓴的意识形态结构，且因为"建筑是理性和生命之呐喊的结合"，等于是用空间在实践他们的哲学观，所以他们的人文思考格外立体。由此种种，导演和建筑师常常能写出很好看的书。

以日本建筑师为例：隈研吾早年是做建筑评论出身，文字自然出色，人本气质重；伊东丰雄的游记很棒（我在他的传记里看到作者引过，非常喜欢，可惜找不到全本）；中村好文室内气质重，有暖手可触的人情味，他的信件也写得好看。建筑师要与业主沟通，了解对方的生活喜好，才能量身定做他们的屋子。对，写信也算是建筑师的特长文体，写着写着就和业主老婆（因为业主忙着赚钱，盖房子装修什么的归老婆管）谈上恋爱的也不是没有，足见他们的文笔之好。

再有：安藤忠雄的游记很多是写美术馆游历，可以当艺术随笔读，并悄悄对他后期的建筑思想做溯源揣想，比如他喜欢方塔纳的作品，就是在绷紧的帆布上划开一道，看到这划痕，我明白了安藤忠雄在作品中对光影的处理（大家想想在那幢"光的教堂"，那个墙面划开十字的惊险的采光法）。而芦原义信的关注点，是在内、外部空间，街道的定义、职能、东西方的差异，视角明显比较高而阔，他很敏感于城市规划。我觉得他一站到内外空间交接处，顿时灵感纷呈。

8月16日

最近读了很多老年人的书。因为历史或某些特定原因，很多人是很大年纪，比如退休之后才开始写作的，余生不长，写的数量也不多，但就这么几本，被反复地结集、出版，每次只要多收几篇出土的新稿，就会有人不惜重买新版全套。

那么，这是为什么呢？因为他们集一生的经验，在晚年重拳出击，这些文章，是用了一生来成熟的果实，无法抑制，喷薄而出。

有人曾经说，一辈子写一本书就够了，其他的时间，应该好好生活（大意）。其实数量未必有定数，但是，生活在写作之前，因有所感而写作，不是为写而写和功能化写作，这个排序是一种真诚。（当然，数量因人而异，有些幸运的、蒙神眷顾的作者，感念丰沛，灵感不断，多产多得，那更是珍贵的天赋。）

　　我渴望与文学相处的方式，是山路转角处遇到的一棵木芙蓉，灵感成熟了，意识慢慢到位了，组织、结构、文字自然而然地来了，就这么碰上。

8月17日

柔软的能力

　　打翻了一个墨水瓶，墨汁四溅，擦地，擦橱，洗抹布、席子、被子、玩具熊，收拾残局，一个下午过去了。居委会整改环境，清理车棚杂物、拔掉电线、收拾历年堆积杂物，等办事员来拍照、验收，又是三天没有了。

　　一天、一天，又一天。生命被蚕食着，留下不成形的残渣般的日子。以至于有一天终于定下心，坐在桌前铺张纸写大字，居然幸福地怔住了。

　　继续看柳田邦男的绘本理论书。我一直在想："人类存在的价值是什么？"我回想起我生命中具有光辉、让我觉得值得一活的时刻：我和家人共度悲喜的时候、和我的朋友们畅谈无忌的时分……那些时刻都是柔软的，是的，唯有拿出软和的心底，暴露出那个心底，才能建立人与人的连接，我们正是为此而活着，也因此才活过。

我一直给孩子看童书、绘本，就是怕她随着年龄增长、理性成熟，失去了柔软的能力。现下，无论两性、代际都呈对峙状，让人们处于高度绷紧、如井壁般硬冷的战斗状态。强弱关系中，若只有输赢，则无法建立联系，人际关系中没有一丝温情的牵绊，也就是说，这样会让人错失了真正可贵的东西。

隈研吾在日本经济下滑后，反思写出《负建筑》《小建筑》，让大家勇于承认脆弱、寻求倚靠，现在想来，何尝不是前瞻性的警示。

8 月 19 日

美是内心的富足

冬天看卡尔·拉松，夏天看原田泰治，几乎成为我的精神调温法。

卡尔·拉松着力于室内题材：孩子、花、家庭生活。他的画，意象密集地簇拥出体温：灯光笼罩着织补的妇人、温室的阳台上摆满高高低低的鲜花、壁炉和家具上也画满了鲜花。有张是大儿子躲在幽静处读书，就那么一张单人画，仍能感到纸背透出的烘热人气。卡尔·拉松的颜色、构图、氛围，本就是热闹的。

原田泰治常被归类为绘本画家。是的，他那些无视透视机巧的"素朴画"里，充满了童心的澄澈。他的画很清凉，是夏日走过溪流，没过脚背的那一抹凉。不必多解说什么，浸入就可以了。

他自幼患小儿麻痹症，不能健行。爸爸为了让全家吃上白米饭，上山去开荒，没有水源，他就挖井，挖到一人多深时，碰到了巨石，正丧气着，泰治出现了，他给爸爸弹起了琴，爸爸受到鼓舞，继续挖，挖到了水源……这执意追求美好生活的倔强，在原田泰治的画中其实也有。

比如追求极致的美。这次看原田泰治，我突然留意起他画中的植物。他四处写生，画日本农村的风物和人，意图留下乡间未被工业文明污染的原风景，那些刷得干干净净的瓦房、屋脊、墙面下，小小的野花无喜无悲地开着。

大团的云朵白亮，有清晰庞大的体积感；小朋友用清晨花朵树叶上采集来的露水研墨；五月的海滨，推着货车的阿婆也不忘在货车上放一丛刚采的白橘子花；那个长年被海风的咸腥味道笼罩的小岛，在这橘花盛开的季节也会笼罩在梦境中吧，我的鼻翼，俨然传来一阵幽香。

而如果是秋天，云的质地就松散了，芒草也泛着白，背孙子回家的老奶奶手上抓着刚采的紫菀。

没有哪幅画上缺少应季而生的植物，即使是水边背阴发黑的废弃码头仓库边，也开着细细的小黄鹤。侧身而过的小街，简直平凡到不值一提。然而盆里插有一个小小的竹篱，上面爬着精致的紫色夕颜花这小小的花墙，微弱而坚定地反抗着庸淡流去的生活。也正是它们，让我们在这艰辛颠沛的人世，灵魂得到安放，并感到内心的富裕。

8月27日

给小卧室换新窗帘，带点灰调的蓝麻纱帘，色彩蕴藉含蓄，是我喜欢的调调。一高兴，干脆在墙上再挂张紫色的竹久梦二，那张《北方之冬》，蹙眉的紫衣女人包着紫头纱，眼神楚楚。

正欣赏着，突然，一条小虫子急步窜出。一厘米的身长、有两条触角、半透明。我一看，呃，这就是传说中的书鱼，也就是"蠹"吧。一种寄生在书页里，以啮书为生的虫子。我平时很注意给书房通风、挂防蛀香包，所以书里少见虫，倒是收的画中有时会生虫（可能因为用的纸张是宣纸？），挂出来时，上面惨然粘着虫尸，吓人一跳。

所谓读书人，也是以食佳词丽句为生的人，终日游走于词句书山，困了就枕书而眠。当然，书斋变成书灾，被书压死的旧书店老板也不是没有。所以，作为人类书虫，我觉得和这个一厘米长的家伙似乎有某种亲缘关系。

读玛丽·奥丽弗，她写道："It is the smallest, the least important event at this moment in the whole world . Yet I stand there, utterly happy." 她说她总是一个人踏入森林，因为其他人都是在笑。进了森林，她又说，她几乎无法忍受玫瑰的大声歌唱。

一个人的时候，才能听到玫瑰大笑着盛放吧。敏感的人，也许真的只有一厘米那么大。

9月2日

盛夏，暑热蒸腾；痒夏，只能喝粥，吃梨子、桃子、西瓜、黄瓜这类蔬果。突然，有一个早晨起来，枕席生凉，猛然想喝肉汤了。

秋天，就这么着，从人类的口腹登陆了。

去菜市场买排骨，特别拣了一条穿过小树林的小路，路上哼着《让爱人去流浪》。我其实是喜欢那句"秋天的太阳，寂寞成这样……"。林忆莲慵懒的声音一出来，我就在心灵上抵达秋天，快乐起来了，一边走，一边看云，夏云蔼然胖乎乎，秋云却高远。

　　小树林里，满目都是夏天的遗迹：树巅的翅果被晒枯了，嗒然挂着；无人捡拾的小圆柿子烂在地里（如果是冬天，我会捡来插在仿古琼瓶里做清供，绿配红，古意森然映着生意欣欣，可在夏天这个画面就太烘热了）；暖红的凌霄花，气数已尽，蔫蔫的；香樟子掉在地下，倒有几分青翠，我捡了若干带柄的，回去插在迷你花瓶里（一个仿山石的花器，小婴儿的拳头那么大，专门用来插春天初萌的新叶和秋天的小落果）。我突然起意，想买花。夏天的花瓶常常是空空的，太热了，花根易腐烂。熟悉的小花店里，有个放冷饮的大冰柜，是存花的。天凉了，可以去买一把了。

　　进菜场，买一节老藕，剁两段小排（另一段留着，加甜玉米、胡萝卜、冬虫夏草和干贝再炖一锅），见到刚收的带泥的土花生，顺便抓一把，准备一起炖汤——莲藕花生排骨汤是很女人气的汤，粉糯清甜，花生还会很调皮地钻进藕的洞眼里，像个萌物。

　　天凉了，秋风四起，人心不那么燥热了，才有站在灶台边处理精细食材，比如慢慢剥花生的清凉心境。夏天的时候，厨房炽热如火，做饭的人汗流浃背，只想三两下大刀阔斧收拾完，赶紧逃回空调房歇一歇，凉一凉。

　　回去的路上，发现修伞的大爷出摊了。这一条街上都是和我同样为自由职业者的人：修伞的、补鞋的、拖三轮卖水果的、推早餐车的。我十分熟悉那种自由职业的气息，一种由自律攒出来的自由。

　　就说修伞大爷吧，平日里在他固定摆摊的树荫下支把大阳伞，摆上修伞和鞋的工具，大阳伞柄上拴着一袋花生米、一杯萝卜干，地上放一小瓶二锅头。有客的时候，大爷谨然以待，接了坏伞，拆下伞布。大爷口含自制铁丝钩，把骨架一一连好，又穿针引线将伞布的洞逐个补上，全面解决伞的隐忧。手艺精细、待客周到，事毕，客人称谢而去，大爷眯起眼，听隔壁修车的唠叨，顺便喝点小酒，吃两根萝卜干。

　　但是，到了夏天，大爷就给自己放高温假了。他那把椅子总是空荡荡，大阳伞也一直收着，自由职业者就是这么任性。我已经顶着坏半边的伞长达一个半月之久了，某天一抬眼，哇，那把硕大的大阳伞支起来了！

　　秋来了。所有人都感觉到了。

9月4日

　　心仪的女画家：杰玛·库门，她特别喜欢画雪花莲、松果菊、铃兰这类色彩清新的花。浓黑的底子上，小小的白花散发着月光一样的清明光辉。配了黑框，这层白花自带的清亮光芒益发突出，像月夜山路上的大声歌唱，美丽极了。我忍不住看了又看，在看书、做家务的余暇中，也会转头看看它。

其实，最近才知道，画中这洁白温婉、开在少女头顶、花萼向下的白花，叫雪花莲。这么多年来，我都以为这种白花是银莲花，直到看到"Light splash this morning / on the shell-pink anemones"（这个早晨光泼洒在 / 粉色的银莲花上），才知道银莲花并不如其名，它有很多颜色，雪花莲才是白色的。

而秋天，就是这么美好的季节。不开空调也清凉无汗，天是清的，水无波，云那么远，割草声忽远忽近，青草汁气味新鲜，就连低头查植物图鉴，认得一个名字，都那么快乐啊。

9月5日

妈妈买了三个秋梨，晚饭后，她拿到厨房，摆在桌上，教我怎么辨识梨子的公母。她越来越健忘，反复交代我一些她觉得至为重要的事。她说："这个得看梨子屁股（就是没梨柄的那端），公梨子有蒂，母梨子屁股上有个圆圆的旋涡，母梨子甜、肉子细、核子小（还是大？我忘记了）。"我妈妈没有教过我人生智慧之类，她告知我的都是生活常识，什么"烧菜不要开太大的火""起锅前撒点糖提鲜"，等等。

　　每当我在流水下洗瓜果，忍着冬日砭骨的寒冷给小朋友做菜时，我总是会想起，妈妈也是这样养大了我。狠狠地追着鸡满院子跑、钳螺蛳钳出好几个血泡，她用这样寸寸鲜活的生命哺育了我——活着，仅仅是"给生命以时光"；生活，才是"给时光以生命"。那些琐碎的叮嘱是呼吸着的字句，它们在生命的长河里生生不息。正是在这些温柔的牵系、埋在骨血里的动作、做家务手势的代代重复之间，我们才算活过了。

11 月 26 日

　　阅读量特别小的一个月，因为这个月大多数时间都在外面乱逛。

　　去了一趟洛阳，坐了一晚上的夜车，清晨抵洛。到得早，能感觉到太阳一点点破霾而出。石窟临伊河而建，而伊水的水波如此柔软，偶有羽毛白亮的鸟飞过，风化的石窟角落已经长满了杂草，有工人在拔……真要看洞窟，高清图更方便，但临场古意漫漫的情境是无法自制的。

秋天的生活常常是：清晨即起，写稿、改稿、定稿，近中午上山，顺便约朋友吃碗素面，下午在山边瞎逛，晒太阳，看书、天上的云和风筝，有时去看场电影。每天，都在收天、云、风和阳光的礼物。

秋天是多么豪奢和慷慨。有时，站在街角等着过街，突然看到一大片高层云——就像夏天雷雨前的浓积云一样，秋天降温前常有这种云，它们会旖旎成各种图案。那天我看到的是像飞远的凤凰，羽翼徐徐掠过天边，正好下方一排梧桐，所谓"凤凰于飞，梧桐是依"，秋天的天边一角，就是诗。

不是小清新，也不是岁月静好，更不是修过的"糖水片"，这些，就是真实而即兴的心灵感受。我不是丰子恺，不然，路过花园时，看见那把被扔掉的椅子上端端正正地结了一只葫芦，后者也是种子散落后野生野长的，它慢慢爬了小半个夏天，终于在破椅子上结果了，端庄喜悦地坐在那里，不就作出一幅"护生画"吗？

因为无法创作（仅仅是一幅红叶图，就被心怀叵测之人指为讥讽政权），老来的丰子恺只能在与儿子的通信中画画，他们用外语，甚至用暗号谈文学。又有一晚，我一个人爬上洛阳丽景门的老城墙，呛鼻子的陈年灰尘，半朽仿古家具的霉味，头顶一轮孤意四起的皓月，脚下是浩浩汤汤的如流游客，我突然想到手机里存着的《沈从文的后半生》。晚年的沈从文，一身布衫，在故宫的古物中埋首研究，力图避开振臂高呼的亢奋人群，除非有向往学问的青年，他会特别高兴地拉着对方谈文物和历史。我默默地下了城楼，回旅馆去看完了剩下的半本。

这些时刻，我总是想落泪。

跑到万象去看西西的纪录片，三个小时，本来就不多的几个观者又悄悄退场了三个。可我在回家的路上就想哭了。我看见西西在纪录片里打手势，全是用左手，因为疾病，她的右手已经不能动了。我看见她在书里写过的家具朋友：桌子、椅子、一幅细密画挂毯，它们在香港狭小的室内空间里显得格外煌煌然。我看见她在街上走来走去，就是这样一个近乎无趣的场景，我特别感动——她在手术后无法做高强度运动，只能散步。我最爱她写的橱窗和街景，那是一个人对生的欲望与爱，还有什么比这更美的？疫情期间，我听说她又写了本关于玩具的书，我赶紧去订，没想到很快就到了。收到时，我特别高兴，我抱着快递想没事了没事了，西西还活着，还在写，我女神八十二岁了，患癌三十一年，她还在写，所以一切会好的。

秋天，最喜欢去的地方之一是体育公园，那里有棵乌桕树。有时，我拎一杯咖啡，坐在树下，看它的叶子，在疾风中旋转落下……红的、黄的、绿的，鲜翠的、萎落的、生机满满的，都是它的。像一个人生的横截面，所有年龄段突然一起呈现。我会仰着头，一直看很久——一棵树和它的落叶，就是秋天的一首诗。

2021 年

3 月 31 日

在草木的时间里

春天，总是心急。来不及了，快点，快一点！我要去古林公园看牡丹，到午朝门或明孝陵看木绣球，去中山植物园走一趟樱花大道。我也惦记着扬州平山堂下那一坡的二月兰，西湖如烟的柳树，还得争取抽出几天去苏州，在老园子里的千年紫藤花下、白牡丹花丛边，歇歇脚，坐一会儿，那花几乎有魅惑妖气，都能看呆掉。又听说六合刚开了一个农场玫瑰园，我心痒痒的。

找出一张纸来，把观花地点和花期依次排上，或者弄个观花表格。闲人如我，突然生出了职场精英人士的紧迫节奏感。原来，四季依序流转，比上班打卡还要不等人。

春天的韭菜，妈妈买到第三次，炒熟上桌，嚼一口，吐掉，怔了一下说："怎么这么快就老掉了，全是嚼不动的纤维！"我说春天吃野菜嘛，就是和时间赛跑。我那盆里种的蒜苗日夜都在长，蹿得飞快。对了，记得赶紧在清明前后买河蚌啊，这个季节总要吃一次。春天，就是这么急躁的一个季节。如果出门两天，回来就换了人间，窗口风景大变，枯枝发满新芽，樱桃结得密密青子。一夜急雨，就落得满地残花。

前天还是春日盛大，今天就是林花谢了春红，太匆匆。

算算已经是三月底，去相熟的店家订牡丹，顺便给朋友寄一把——江南遥寄一枝梅，是耳畔私语的近春喜悦，用 EMS 邮寄一把北地牡丹，则是贴着耳边大喊的春消息。如果把春天视觉化为一个人，就是长身玉立、眉眼分明、大嗓门，风风火火、马不停蹄。

去给爸爸扫墓，发现旁边开发出一个国家森林公园。阵雨初歇，雨后的绿色洗着我被电子产品炫花的眼睛，我眼馋得不行，何不立刻逐绿而去，皮皮素来喜欢自然景色，我俩就一起上山了。

在山顶的古庙里，僧人不见，游人不多，倒有只瞎了眼的老猫，身上有极淡的三花纹，并不避人，过来就蹭皮皮的腿，毫无戒备地把肚皮翻出来。皮皮说它真软啊,我说庙里的动物都是被善待的,所以见到人有安全感。庙堂有几丝香烟,我们在山顶吹风闲聊,皮皮说她就喜欢这种群山环绕、安静修行之所。我们都非常怕嘈杂,讨厌空气污浊、隔绝了自然风和日照的商场。

最最喜欢的,就是什么也不做,只静静地坐在山顶,感觉山间的空气质感:没有被密集的高层建筑层层阻挡从而产生的适宜的风速、低飞掠过某地的飞鸟扇起的微风、隐约的花香、被山风吹淡的诵经声。

大概是心慢了,突然觉得春天也慢了。

一个画家说:"我不是在画小镇,我是在小镇画画。"另外一个画家也有一段话,大意是说绘画就像祈祷,我要做的是谦卑自抑,静静等着体内的神迹涌出……风从花间吹来,用草木生长的节奏说服了尘世匆忙的人。把那些纷纷开落的心事、涨跌不停的情绪都放逐吧,让时间穿过、拨响我灵魂的空腔。

是的,我就在这里,在春天里,在草木的时间里。

在汪曾祺的《花园》里,他说报春花开在灰色和褐色的老房子前最好。我怀恋老辈作家的那些字，它们是画布上颜料的叠盖与刮刀的刀痕，是木碗上的手泽，是旧衣上妈妈打上的补丁，有带着体温的手工感。这些字像草木一样慰藉人心。不仅是老房子，包括城墙、古寺、园林中的草木，都是最美的。

　　明故宫宫城六百多岁的残柱石础畔，盛放着鲜翠欲滴的木绣球；青苔斑驳的午朝门老城墙上，攀生出一眼刻叶紫堇；更不用说，耦园如鸽翅的白牡丹掠过山石，留园含苞的丁香，在檐瓦前结出千串愁结；透过书斋的冰裂纹花窗望去，拙政园的海棠开得明艳如红绡；可园依依下垂的柳条，和圆润的月亮门正好形成了横纵线平衡。

　　那千百年前的春天，映着眼前的春天，苍老的时间汤汤奔涌，年轻的时间如林鸟跃动，两路时间，交汇在此时此刻。时间，就此突破了单向感，有了纵深……春天这个最年轻的季节，长出了额头的第一缕美丽皱纹。

心，并非来自水平方向的远方，而是来自垂直方向的深处。

一个人的时候，才能听到玫瑰大笑着盛放吧。敏感的人，也许真的只
有一厘米那么大。

信任这个世界，就像信任一朵雏菊。

一念心清静，莲花处处开。这莲花又不只是莲花，也是月色、山峦和其他。